DC PRIDE

Vita Ayala
Sina Grace
Sam Johns
Danny Lore
Nicole Maines
Steve Orlando
Andrea Shea
Mariko Tamaki
James Tynion IV
Andrew Wheeler
STORY

Stephen Byrne
Elena Casagrande
Klaus Janson
Nic Klein
Trung Le Nguyen
Amancay Nahuelpan
Skylar Patridge
Amy Reeder
Ro Stein & Ted Brandt
Lisa Sterle
Rachael Stott
Luciano Vecchio
ZEICHNUNGEN

Enrica Eren Angiolini
Jordie Bellaire
Stephen Byrne
Nic Klein
Rex Lokus
Marissa Louise
Trung Le Nguyen
Dave McCaig
Trish Mulvihill
Ro Stein & Ted Brandt
José Villarrubia
FARBEN

Carolin Hidalgo
ÜBERSETZUNG

RamOne
LETTERING

Jim Lee
ORIGINAL-COVER

Alex Antone
Jessica Chen
Chris Conroy
Diego Lopez
Michael McCalister
Andrea Shea
Amedeo Turturro
Dave Wielgosz
REDAKTION USA

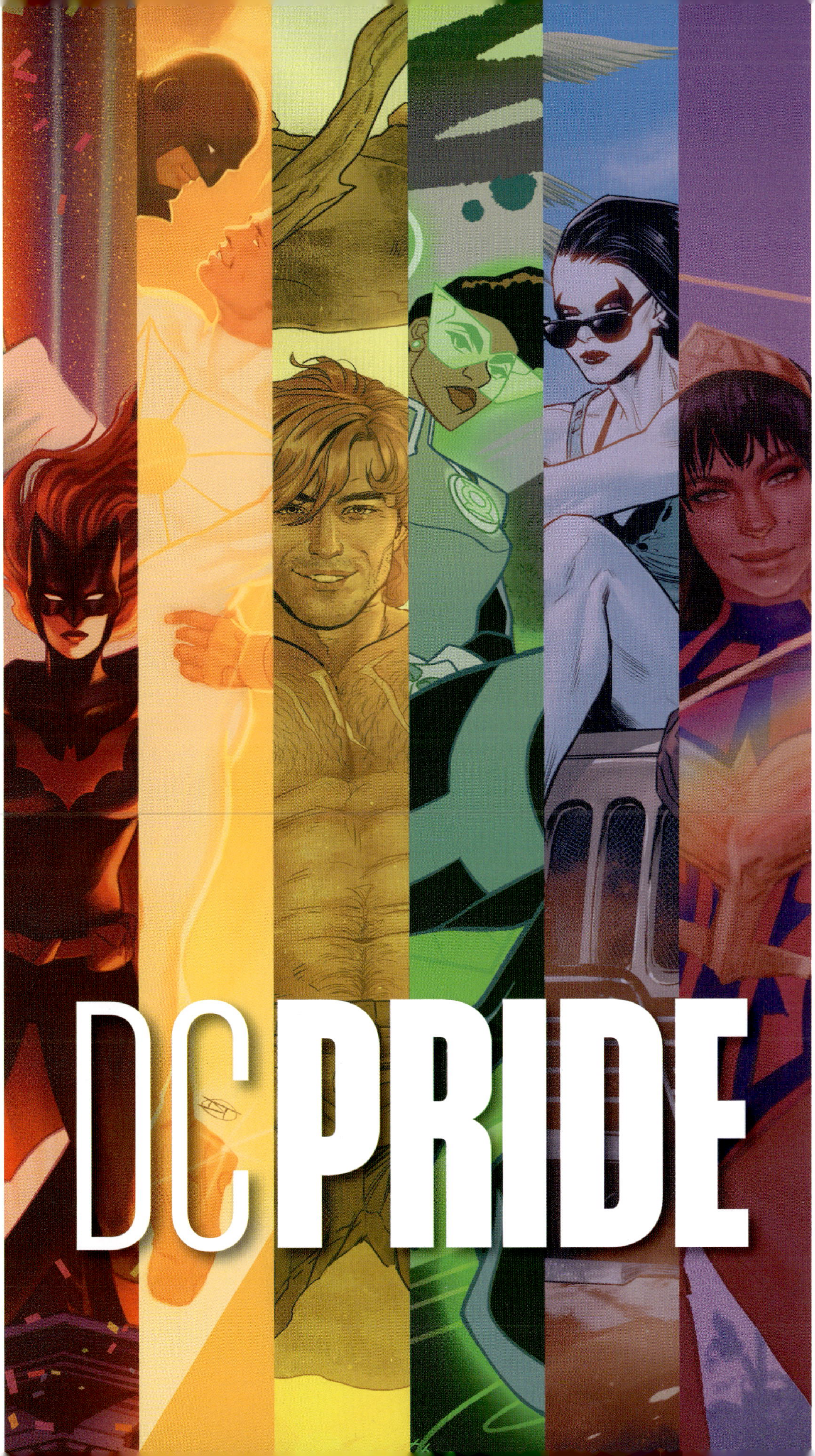
DC PRIDE

EINE FARBENFREUDIGE WELT

Fangen wir mit den Grundlagen an. Der Begriff „Repräsentation" wird in den letzten Jahren immer häufiger im Zusammenhang mit Medien, Literatur und generell Kunst verwendet. Für jemanden wie mich (und all jene, die sich ihr ganzes Leben lang anders und nicht repräsentiert gefühlt haben) ist das ein klares Konzept, aber für die meisten ist es eher abschreckend. Wenn wir von Repräsentation reden, reden wir von diesem grundlegenden psychologischen Bedürfnis, uns in fiktiven Figuren wiederzuerkennen, die in irgendeiner Weise unsere Identität widerspiegeln, Figuren, die uns das Gefühl geben, auf den Seiten eines Romans oder Comics, auf der Bühne oder auf dem Bildschirm repräsentiert zu werden. Aber Vorsicht, „Repräsentation" bedeutet nicht „Identifikation". Ich kann mich mit Green Lantern, Robin oder Batman aufgrund ihres inneren Kampfes identifizieren. Ich sehe etwas in ihnen von mir, etwas, das zu mir gehört. Und das kann ich als Mann oder Frau, als Hetero oder als queere Person, aus jeder Ethnie oder Kultur, da diese Verbindung auf Thematiken, Erwartungen oder Konflikten beruht, nicht auf Identität.

Aber wenn man Teil einer Minderheit ist, sucht man nach mehr. Man sucht nach Figuren, die die eigene Identität reflektieren. Man will Held*innen, die aussehen, wie man selbst, Held*innen, die wie man selbst SIND. Und dann findet man sich damit ab, dass das nie der Fall sein wird. Wenn man in einer Welt lebt, in der alle Weiß sind, erwartet man keine Schwarzen oder POC-Figuren. Wenn man in einer Welt lebt, in der alle hetero und cis sind, erwartet man keine LGBTQ+-Held*innen.

In der Welt der Comics waren die LGBTQ+-Figuren die Letzten, die aufgetaucht sind. Als schwuler junger Comic-Leser in den 70ern und 80ern, der nach Repräsentation suchte, las ich Tausende großartiger Geschichten, mit denen ich mich identifizieren konnte, in denen ich aber nicht repräsentiert wurde. Ich fand mich in Green Arrows Wut wieder, in Aquamans Verzweiflung, in Flashs Liebe zu Iris West oder in der von Batman zu Silver St. Cloud, aber der tiefgreifendste, wichtigste Teil meines Selbst wurde nie repräsentiert. Mit dem Auftreten der ersten DC-Figuren aus dem Regenbogenspektrum in den 80ern und 90ern, von Maggie Sawyer bis hin zu Pied Piper, von Extraño bis hin zu Obsidian, wurde die LGBTQ+-Welt Teil des DC-Comic-Universums, anfangs auf sehr subtile Weise in Form von Nebenfiguren, dann mehr und mehr auf direkte Art, bis wir den bisexuellen Constantine, eine ganze Reihe von bisexuellen und lesbischen Heldinnen (Catwoman, Question, Poison Ivy, Harley Quinn) und schließlich Jon-El, Sohn von Superman und Lois Lane, bekamen – bisexuell und in einer gleichgeschlechtlichen Beziehung, die wir von Anfang an verfolgen konnten.

Wenn es Zeitreisen wirklich gäbe, frage ich mich, was der 16-jährige Marco gedacht hätte, wenn er diese Geschichten gelesen hätte, wie sehr sie ihn hätten träumen lassen, wie stolz sie ihn gemacht hätten.

Dafür sind Geschichten schließlich da: um uns träumen zu lassen, um uns verstehen zu lassen, um uns anzuleiten – und schließlich, um uns zur besten Version unserer Selbst werden zu lassen. Mit ein bisschen mehr Repräsentation, die hilft, Selbstbewusstsein und Stolz zu entwickeln.

Der Comic-Band, den ihr gerade lest, ist der erste DC PRIDE-Band, eine Anthologie von Geschichten über DCs LGBTQ+-Figuren, geschaffen von Macher*innen, die selbst aus der LGBTQ+-Community stammen. Er ist ein innovativer und mutiger Comic-Band, der die Diversität der Welt der Comics und der Welt vor eurem Fenster feiert. Ich hoffe, dass er Leser*innen aller Orientierungen gefallen wird und dass ihr eine Welt entdeckt, die nicht anders ist, aber mehr Farbschattierungen enthält, als ihr euch vielleicht vorgestellt habt.

Marco M. Lupoi
Publishing Director Europe
Panini Comics

DC PRIDE erscheint bei **PANINI COMICS**, Schloßstraße 76, D-70176 Stuttgart. Druck: Centro Poligrafico Milano S.p.A., Casarile (MI). Pressevertrieb: Stella Distribution GmbH, D-22297 Hamburg. Direkt-Abos auf **www.paninicomics.de**. Anzeigenverkauf: BLAUFEUER VERLAGSVERTRETUNGEN GmbH, info@blaufeuer.com. Es gilt die Anzeigenpreisliste Nr. 19 vom 01.10.2021. Geschäftsführer **Hermann Paul**, Publishing Director Europe **Marco M. Lupoi**, Finanzen/Logistik **Felix Bauer**, Marketing Director **Holger Wiest**, Marketing **Thorsten Kleinheinz**, Vertrieb **Alexander Bubenheimer**, PR/Presse **Steffen Volkmer**, Publishing Manager **Lisa Pancaldi**, Redaktion **Tommaso Caretti**, **Christian Endres**, **Elena Pizzi**, **Aline Reinelt**, **Ilaria Tavoni**, **Peter Thannisch**, **Monika Trost**, **Daniela Uhlmann**, Übersetzung **Katrin Aust**, **Carolin Hidalgo**, Proofreading **ENZA**, Lettering **RamOne**, grafische Gestaltung **Marco Paroli**, **Angelo Costellini**, Art Director **Alessandro Gucciardo**, Redaktion Panini Comics **Annalisa Califano**, **Beatrice Doti**, Prepress **Cristina Bedini**, **Andrea Lusoli**, **Nicola Soressi**, Repro/Packager **Alessandro Nalli** (coordinator), **Mario Da Rin Zanco**, **Valentina Esposito**, **Luca Ficarelli**, **Linda Leporati**. Cover von **Jim Lee**, *DC Pride* 1. Variant-Cover von **Jen Bartel**, *DC Pride* 1 Variant.

Digitale Ausgaben: ISBN 978-3-7367-8728-5 (.pdf) / ISBN 978-3-7367-8726-1 (.epub) / ISBN 978-3-7367-8727-8 (.mobi)

Bibliografische Information der Deutschen Nationalbibliothek
Die Deutsche Nationalbibliothek verzeichnet diese Publikation in der Deutschen Nationalbibliografie; detaillierte bibliografische Daten sind im Internet über dnb.d-nb.de abrufbar.

FSC
www.fsc.org
MIX
Paper | Supporting responsible forestry
FSC® C115044

VORWORT

Der Comic-Band, den ihr gerade in Händen haltet ... Hätte mir jemand mit 13 Jahren gesagt, dass es so etwas je geben würde, ich hätte es nicht geglaubt. Aber hier ist er. Und er ist fantastisch!

Wisst ihr, bevor ich ein inoffizieller schwuler „Elder Statesman" der Comics wurde, war ich ein junger, verkappter Comic-Fan, der in einer sehr weißen, sehr heterosexuellen Stadt in Ohio aufwuchs. Aber das war damals. Und jetzt ist jetzt. (Ein wunderbares Jetzt, finde ich.)

LGBTQ+-Figuren wurden einst dazu missbraucht, um Schurken noch schockierender wirken zu lassen, sie wurden als Lachnummern oder als gequälte Seelen dargestellt, die von AIDS dahingerafft oder verprügelt werden oder denen ein anderes schreckliches vorzeitiges Ende zuteilwird.

Meine Güte, haben sich die Zeiten geändert! Und DC war immer da, den Blick nach vorne gerichtet, um die Grenzen auszuloten und damit zu erweitern. Von Maggie Sawyer, Pied Piper und Tasmanian Devil (alles B-Figuren, muss man zugeben) bis Midnighter und Apollo, Renee Montoya, Obsidian ... Mann, wir haben sogar eine lesbische Batwoman und eine schwule Green Lantern (das *Original*!) und eine Trans-Heldin in der *Supergirl*-Fernsehserie (die in dieser Ausgabe ihr Comic-Debüt gibt)!

Noch bemerkenswerter als DCs langjähriges Engagement hinsichtlich Diversität, ist, dass die Figuren in diesem Band nicht durch „ganz besondere" Geschichten hervorstechen. Sie sind *Menschen*. Echte, dreidimensionale, komplizierte Menschen. Dass hier und da auch ein Außerirdischer oder die Version einer Figur aus einer anderen Dimension unter ihnen ist ... nun, es sind schließlich nach wie vor Comics. ☺

Und das bringt uns zum Wort *Pride* (Stolz). Wie so viele Worte im Englischen hat *Pride* viele verschiedene Bedeutungen, manche gut, andere nicht so sehr, aber die Definition, die hier passt, ist:

***Stolz:** eine positive emotionale Reaktion oder Attitüde zu etwas mit einer intimen Beziehung, die das Selbstwertgefühl stärkt.*

Es war ein langer, harter Weg vom ersten im Stonewall Inn geworfenen Schnapsglas (danke, Marsha P. Johnson) bis zur heutigen Gleichstellung von gleichgeschlechtlichen Ehen und LGBTQ+-Mitgliedern im Kabinett des Präsidenten.

Wir haben auf diesem Weg zu viele wundervolle Menschen verloren, aber wir können ihr Opfer ehren, indem wir ehrlich leben. Sichtbar sind. Stolz sind. Mit jedem neuen Queer-Gesicht in der Öffentlichkeit (und in den DC-Comics) wird sich irgendwer irgendwo selbst darin wiedererkennen und sich weniger allein fühlen. Jemand wird Hoffnung spüren. Und das ist eine großartige Sache.

Dieser Band zeigt, dass wir es alle verdienen, zu lieben und geliebt zu werden, auch wenn wir und unsere Liebe für manche andersartig wirken.

Also, liebe*r Leser*in, mach dich auf was gefasst. Auf diesen Seiten haben etliche talentierte Künstler*innen Figuren geschaffen, die das weite Spektrum von Geschlechtern und sexueller Orientierung ebenso umspannen wie das ganze Multiversum! Sie werden nicht mehr dadurch definiert, wer sie sind und wen sie lieben. Sie sind genauso kompliziert und vielfältig wie diejenigen von uns, die ihre Geschichten schreiben. Dazu gehört Apollo, der zu Midnighter sagt: „Ich liebe dich!" Oder Batwoman, die versucht, ihr Liebesleben zu entwirren, während sie Verbrechen bekämpft. Oder ein ergrauter Alan Scott, der sich vor seinen Kindern outet. Und in diesem feierlichen Band erwartet uns noch viel, viel mehr! Geschichten, die in uns allen einen Nachhall erzeugen.

Diese Figuren und ihr Stolz auf das, was sie sind, können über diese bunten Seiten hinausgehen und vielleicht einem/einer verängstigten Queer-Jugendlichen helfen zu sehen, dass er/sie nicht allein ist, dass er/sie *geschätzt* wird, dass er/sie *wichtig* ist und dass er/sie **geliebt** wird.

Und das ist das Beste überhaupt.

Marc Andreyko
Irgendwo in den Hollywood Hills, 2021

Marc Andreyko ist New York Times-*Bestsellerautor, bekannt als Mitschöpfer der Figur Kate Spencer alias Manhunter (mit Jesus Saiz). Während seiner gesamten Comic-Karriere stand Marc ganz offen zu seiner Homosexualität, und er war die Speerspitze der Charity-Anthologie* Love Is Love, *die ein internationaler Bestseller war (gemeinsam von DC und IDW herausgegeben, als Reaktion auf das Pulse Nigthclub-Massaker 2016 in Orlando, Florida). Marc gewann bereits zahlreiche Preise, darunter den Eisner und Ringo Award, sowie den Bob Clampett und den Dick Giordano Humanitarian Award. Er schreibt außerdem für Film und Fernsehen.*

BATWOMAN IN

AUF DER FALSCHEN SEITE DES SPIEGELS

The Wrong Side of the Looking Glass
DC Pride 1

JAMES TYNION IV
Story

TRUNG LE NGUYEN
Zeichnungen & Farben

Als Kinder spielten Beth und ich dieses kleine Spiel.
N-Nein. Nicht Beth. ALICE.
Ganz genau. Meine Schwester ALICE.

Wir nannten es das Spiegelspiel. ALICE verbrachte Stunden damit, uns vorzubereiten. Sie machte uns Frisuren und plünderte Moms Make-Up, um uns in perfekte kleine Püppchen zu verwandeln.
Die Spielregel war, dass wir genau das nachmachen mussten, was die andere tat. Aber es war komplizierter, als es schien.
Es gab die richtige Art, den Kopf zu bewegen, jeden einzelnen Finger zu einem königlichen Winken zu krümmen, die richtige Art zu sitzen und den richtigen Gesichtsausdruck.
Ich machte nie alles richtig, also folgte ich einfach ALICES Beispiel. Im Gegensatz zu mir war sie ein Naturtalent.
Aber das war okay. Ich musste die Regeln nicht kennen.
Wir machten Witze darüber, dass ich von der anderen Seite des Spiegels stammte.
Dass ich von allem, was sie wusste, das Gegenteil wusste. Aber das war okay, denn ich konnte sie immer nachahmen.
Dass sie immer da sein würde. Meine andere Hälfte.

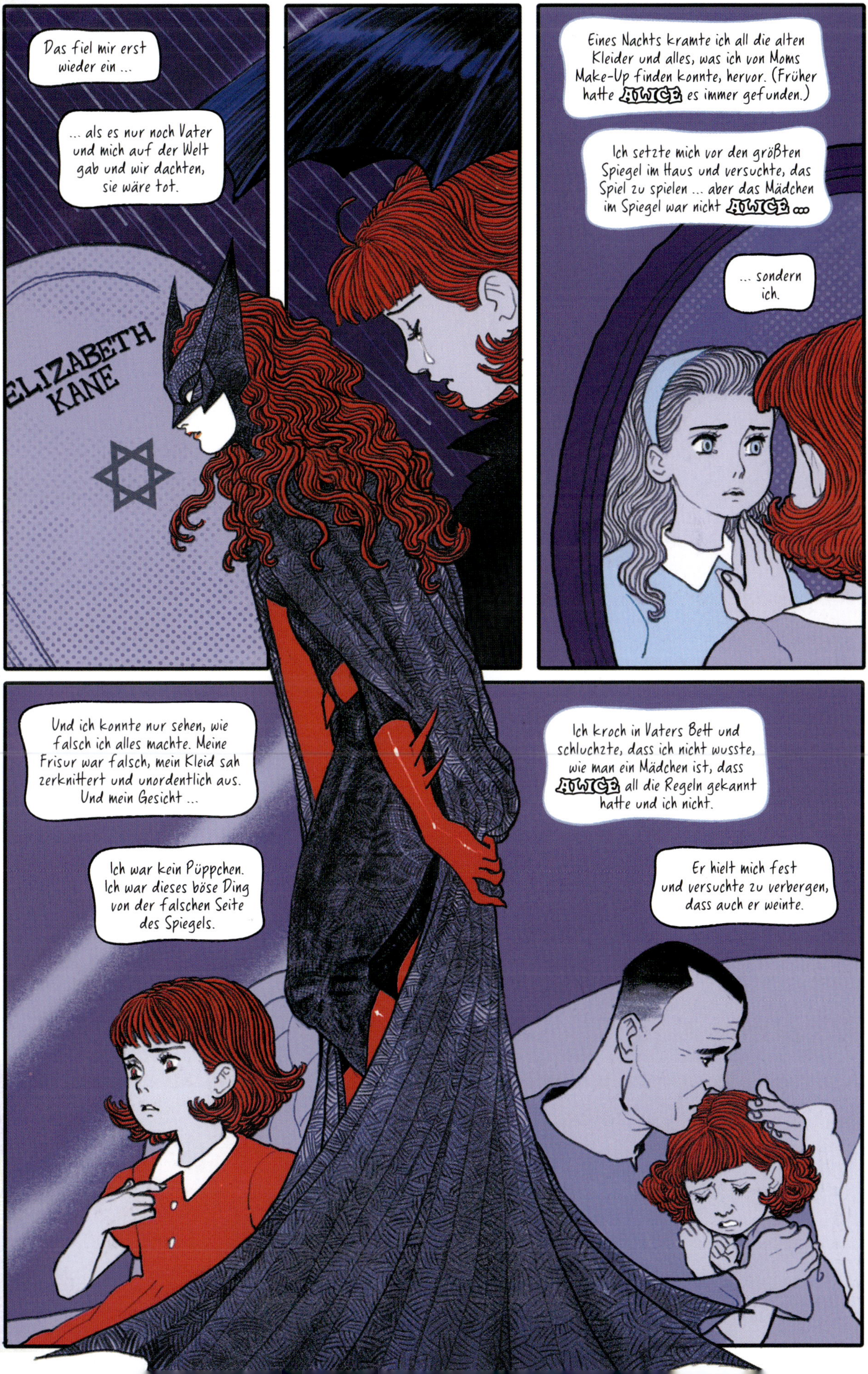
Das fiel mir erst wieder ein ...
... als es nur noch Vater und mich auf der Welt gab und wir dachten, sie wäre tot.
ELIZABETH KANE
Eines Nachts kramte ich all die alten Kleider und alles, was ich von Moms Make-Up finden konnte, hervor. (Früher hatte ALICE es immer gefunden.)
Ich setzte mich vor den größten Spiegel im Haus und versuchte, das Spiel zu spielen ... aber das Mädchen im Spiegel war nicht ALICE ...
... sondern ich.
Und ich konnte nur sehen, wie falsch ich alles machte. Meine Frisur war falsch, mein Kleid sah zerknittert und unordentlich aus. Und mein Gesicht ...
Ich war kein Püppchen. Ich war dieses böse Ding von der falschen Seite des Spiegels.
Ich kroch in Vaters Bett und schluchzte, dass ich nicht wusste, wie man ein Mädchen ist, dass ALICE all die Regeln gekannt hatte und ich nicht.
Er hielt mich fest und versuchte zu verbergen, dass auch er weinte.

Das Gefühl blieb, als ich größer wurde.
Mein Vater versuchte mir beizubringen, was ich wissen musste, um eine Dame zu werden, aber ich sträubte mich dagegen …
… doch am Ende war er erleichtert, als ich mehr Zeit damit verbrachte, Dinge zu tun, die auch ihm Spaß machten.
Er baute mir im Garten einen Hindernisparcours und trainierte mich den ganzen Sommer lang, sodass ich im Herbst die anderen Mädchen in jeder Sportart vernichtend schlug.
Aber ab und an sah ich immer noch den Spiegel und hatte manchmal das Gefühl, darin ALICE zu sehen … und auch, was für eine Art von Mädchen ich wäre, wenn ich das gelernt hätte, was ihr so leicht und mir so schwer fiel.
All die anderen Mädchen sprachen über die Gefühle, die Jungs in ihnen weckten, aber mich ließ das völlig kalt.
Doch nachts dachte ich darüber nach, wie es wäre, wenn ein paar von ihnen so über mich sprechen würden, und ich fühlte mich erst als etwas Besonderes und dann krank.

Ich hatte noch mehr das Gefühl von der falschen Seite des Spiegels zu kommen. Ich stand davor und sah ALICE auf der anderen Seite neben einem langweiligen Jungen mit struppigen Haaren und einem blöden Lächeln.
Sie sah so perfekt und glücklich aus, und ich war auf der falschen Seite des Spiegels gefangen, zu alt, um in Vaters Bett zu kriechen, wütend und ganz allein.
Und diese Wut trug ich länger mit mir herum, als ich gewollt und gesollt hätte.

Ich nahm sie mit in die Militärschule und trug sie mit nach Hause, als ich dort rausflog. Mein Vater sagte, er sei stolz auf mich, weil ich mir treu geblieben war, und ich sagte, dass ich auch stolz wäre …
Aber ich sah immer noch in jedem Spiegelbild, wie ich sein sollte, und wie falsch und verdreht ich auf dieser Seite war.
Ich nahm meine Wut mit bis ans andere Ende der Welt und fand Liebe, Abenteuer und Gefahr …
… und dann nahm ich sie zurück nach Hause und fand eine neue Liebe, die genauso hart zu sich selbst war wie ich zu mir.
Und diese Wut und diese Leidenschaft waren mächtig. Wenn ich die andere Seite des Spiegels war, dann die kaputte.
Ich würde die Regeln nie lernen, also warf ich sie alle über Bord …
… und dann …
Nein … Nein, das ist n-nicht, worüber du nachdenken solltest. Denk über den SPIEGEL nach, über ALICE, über die ANDERE SEITE.
Ja, richtig … ALICE
Die perfekte ALICE …

Sie war die ganze Zeit am Leben gewesen und hatte sich für ein neues Spiegelspiel bereit gemacht und darauf, dass ich meine Rolle übernehme.
Ich war gebrochen. Ich wusste nicht, wie man eine hübsche, perfekte Puppe wie sie ist, und das brach mich jeden Tag ein bisschen mehr. Doch dann kam sie zurück zu mir, damit wir spielen konnten ...
NEIN.
Nein, das stimmt nicht ... Das ist nicht ... Beth?
Nein. ALICE.
Nein, dein Name ist BETH. Bist du okay?
Es ist der ... verrückte Hutmacher ...
Hutmacher ... das heißt ...
Dort.

Nein, nein, NEIN. Du bist so nah dran. Du musst nicht auf der falschen Seite des Spiegels sein. Beide Seiten können zusammenpassen.
Ich will nicht, dass sie passen.
Aber du ... du bist nicht glücklich. Nicht wie du es sein solltest ... Wenn du die Regeln lernst, wie du es als kleines Mädchen wolltest ... kannst du dazu passen.
Ich kann dir HELFEN.
Beth, bist du okay?
Er wurde wütend, weil ich nicht Teil seines Wunderlands werden wollte.
Ich wollte euch zeigen, dass ihr BEIDE Alice sein könnt.
W-wie in eurem Spiel. I-Ihr könnt GLÜCKLICH sein.
Macht Angst, nicht dazu zu passen, was, Jervis?
Ich passe ... ins Wunderland.

Es gibt dir das Gefühl, dass du dich dem Willen der Welt anpassen musst, denn die Regeln, die für die anderen Kinder funktionieren, tun das nicht für dich.
Du hast das Gefühl, auf der anderen Seite des Spiegels zu leben, dass du verdreht und falsch bist, wenn du die anderen Leute siehst, die dazu passen, aber du nicht.
Dann schlägst du um dich und versuchst, dich und die Welt zu kontrollieren, schaffst aber beides nicht. Und manchmal fühlt es sich an, als würde dich das zerbrechen.
Aber dann findest du andere Leute auf der falschen Seite des Spiegels. Und du findest DICH SELBST in ihnen.
Und da draußen gibt es so verdammt viele von ihnen. Und du lernst, dass es keinen Grund gibt, sich allein zu fühlen. Du kannst SIE und DICH SELBST finden.
Und mit der Zeit lernst du, den Teil von dir zu lieben, der dich so anders hat fühlen lassen.
Und dann findest du die Kraft in diesem Teil, und du lernst, STOLZ darauf zu sein, wer du bist.

Nein ... Nein ... NEIN!
THWACK
Das ist ein hübscher Gedanke, Schwesterlein, aber manche Leute zerbrechen den Spiegel lieber, als sich selbst in die Augen zu blicken.
Auch wahr.
Ende

MIDNIGHTER UND EXTRAÑO IN

VON DEN SIEGERN

By the Victors
DC Pride 1

STEVE ORLANDO
Story

STEPHEN BYRNE
Zeichnungen & Farben

DAS „TIME IN A BOTTLE"
LONDON, 10 MINUTEN VOR DER LETZTEN RUNDE
The Time in a Bottle
TJA, MOISH ... ZUMINDEST DEINE DRINKS HABEN DEN ERWÜNSCHTEN EFFEKT.
BIST DU ENDLICH BLAU GENUG, UM MIR 'N PAAR ZAUBER BEIZUBRINGEN, GREGORIO?
ABSOLUT! DIE LEKTION BEGINNT MIT HELLSEHEN. SCHAU NICHT HIN, SONDERN BLICK IN DEINE SEELE ...
... UND SAG MIR, WAS ICH GERADE SAH.
DAS IST LEICHT ... ÄRGER.
SOZUSAGEN MEINE VISITEN-KARTE. DEIN DRINK SIEHT EINSAM AUS, FREUND. ICH BIN--
JOHN CONSTANTINE.
BETRÜGER. MAGIER. MUSIKER. MUSST NICHT WEITERREDEN, DEIN RUF EILT DIR VORAUS.
KEIN VORSPIEL? NA GUT.
DU BIST GREGORIO DE LA VEGA. DER BERÜCHTIGTE EXTRAÑO. DEIN RUF EILT DIR AUCH VORAUS.
PUTZIG. WOLLTEST DU HIER REINKOMMEN, MICH ANSTRAHLEN UND DANN NACH HAUSE BEGLEITEN?
SETZ DICH. WAS BÖSE JUNGS ANGEHT ...
... KENN ICH SCHLIMMERES ALS DICH.

„... ABER MIT MIDNIGHTER WAR ES EIN AUSGEHABEND."
ES IST EINE RUHIGE NACHT. ER IST DADRINNEN, ICH KANN IHN **HÖREN.**
„VOR JAHREN WAREN WIR MAL NACHTS IN DEN **ALPEN.**
„ER HATTE EINE SPUR ZU **GRAF BERLIN**, EINEM NEONAZI-**VAMPIR** MIT SEINER EIGENEN VERSION DER GESCHICHTE.
„BERLIN HATTE DIE KNOCHEN VON **PATROKLOS** GESTOHLEN, UM DIE GESCHICHTE DES URALTEN KRIEGERS MIT EINEM ZAUBER UMZUSCHREIBEN ...
„... DAMIT ER UND ACHILLEUS, ZWEI UNSERER FRÜHESTEN HELDEN, KEINE **LIEBHABER**, SONDERN **COUSINS** WÄREN.
„TJA, FASCHISTEN-BLUTSAUGER UND IHRE SCHÄNDLICHEN BESESSENHEITEN.
„ICH WEISS, DIESES **STRAIGHTWASHING** DER VERGANGENHEIT ZU VERHINDERN, KLINGT NACH 'NEM SELTSAMEN DATE ...

„BEREIT, DIESEM BLASSEN MISTKERL DEN ABEND ZU VERSAUEN?"
VIEL ZU LANGE ...
... BESUDELTEN DEINE ABARTIGEN GELÜSTE DIE GESCHICHTE.
NACH HEUTE NACHT ...
LESKENLIOBON
... KANN DIE WELT ENDLICH STOLZ AUF DEINE HELDENTATEN SEIN.
CRASH
WEISST DU, GRAF, DIE SIEGER ...

... SCHREIBEN DIE GESCHICHTE.
RATE MAL, WER DAS NICHT IST.
CHOOM

WER ZUM TEUFEL WAGT ES, MEINE ARBEIT ZU STÖREN?!
NUR EIN PAAR WIDERBORSTIGE JUNGS AUF IHREM NACHTSPAZIER-GANG.
WAS FÜR 'N CLOWN. HAB JA VERSPROCHEN, DAS WIRD LUSTIG.
ICH HOFFE, SEINE FINGERMALEREI IST NICHT ZU VIEL FÜR DICH, GREGORIO.
TEMPORALE BLUTMAGIE IN EINER TOTEN SPRACHE ... ABER JA, ICH DENKE, DIE KANN ICH WEGBRENNEN.
GUT.
ICH NEHM DEN BEISSER.
CRACK
HÖR AUF, MEINE ZAUBER ZU BESCHMUTZEN!
ICH KANN MEHR ALS BEISSEN, BAUER!

REIZ MICH NICHT.
CHOK

BIN FAST FERTIG.
GLAUB ABER NICHT, DASS DAS ENDE SO ... **EINSCHLÄGT** WIE BEI DIR.
DUMM. WAR **EURE ART** IMMER.
NACH JEDEM EURER VERSUCHE, UNS ZU **UNTERDRÜCKEN** ... KEHREN WIR ZURÜCK. SO WIE AUCH **ICH**.
GANZ **SICHER**?
SIEH DICH UM! KEIN KNOBLAUCH, HOLZPFÄHLE ODER SILBER?
LASS MICH RUHIG LEIDEN, ABER DU HAST NICHTS, WAS MICH **TÖTEN** KANN!
ICH HAB **DIE** HIER.
UND WENN ICH **FERTIG** BIN ...
... **BETTELST** DU UM DEN SONNENAUFGANG.
„KRASSER TYP."

KLINGT NACH EINER ECHT GUTEN ZEIT, FREUND.
ICH WERD'S NIE VERGESSEN. WAR SCHWER ZUZUSEHEN.
ABER BERLIN WOLLTE UNSERE GESCHICHTE AUSLÖSCHEN ... DA HAB ICH GANZ SICHER NICHT WEGGE-SEHEN.
DAS WAR EINE GUTE GESCHICHTE ... UND DIESER MIDNIGHTER SCHEINT EIN ECHT HARTER BURSCHE ZU SEIN.
ABER GIB MIR 'NE CHANCE ...
„... UND ICH ZEIG DIR WAS SCHLIMMERES."
BIN ÜBRIGENS VERHEIRATET.
DANN HOL IHN DAZU.
ER IST QUASI EIN WERWOLF.
DANN IST ES QUASI ENT-SCHIEDEN.

SAVE GOTHAM CITY
GCPD CORRUPT
NO JUSTICE NO PEACE
COPS = CROOKS

QUESTION IN

DAMENWAHL

Try the Girl
DC Pride 1

VITA AYALA
Story

SKYLAR PATRIDGE
Zeichnungen

JOSÉ VILLARRUBIA
Farben

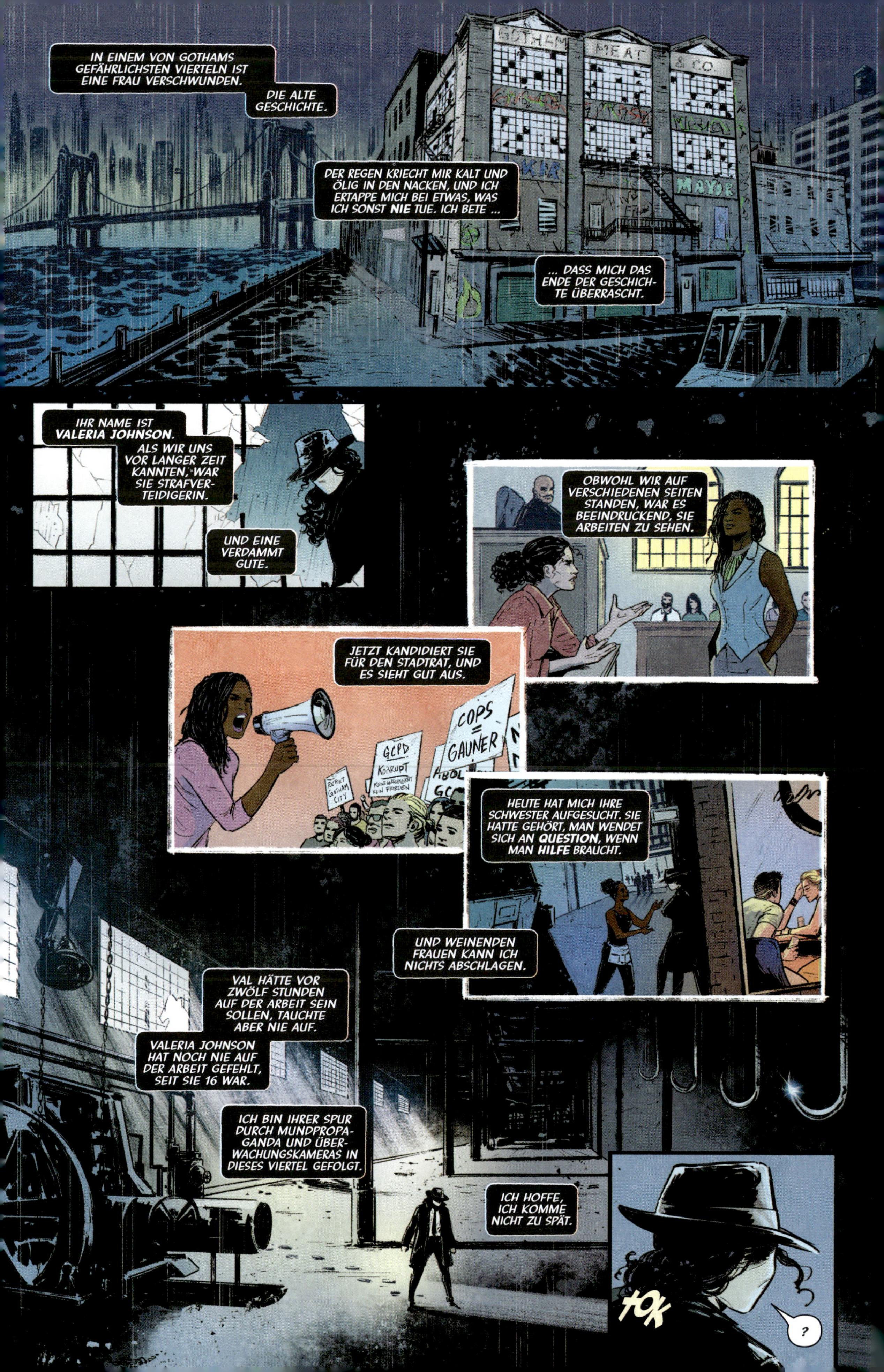

IN EINEM VON GOTHAMS GEFÄHRLICHSTEN VIERTELN IST EINE FRAU VERSCHWUNDEN.
DIE ALTE GESCHICHTE.
GOTHAM MEAT & CO.
DER REGEN KRIECHT MIR KALT UND ÖLIG IN DEN NACKEN, UND ICH ERTAPPE MICH BEI ETWAS, WAS ICH SONST NIE TUE. ICH BETE ...
MAYOR
... DASS MICH DAS ENDE DER GESCHICHTE ÜBERRASCHT.
IHR NAME IST VALERIA JOHNSON.
ALS WIR UNS VOR LANGER ZEIT KANNTEN, WAR SIE STRAFVERTEIDIGERIN.
UND EINE VERDAMMT GUTE.
OBWOHL WIR AUF VERSCHIEDENEN SEITEN STANDEN, WAR ES BEEINDRUCKEND, SIE ARBEITEN ZU SEHEN.
JETZT KANDIDIERT SIE FÜR DEN STADTRAT, UND ES SIEHT GUT AUS.
COPS = GAUNER
GCPD KORRUPT
RETTET GOTHAM CITY
HEUTE HAT MICH IHRE SCHWESTER AUFGESUCHT. SIE HATTE GEHÖRT, MAN WENDET SICH AN QUESTION, WENN MAN HILFE BRAUCHT.
UND WEINENDEN FRAUEN KANN ICH NICHTS ABSCHLAGEN.
VAL HÄTTE VOR ZWÖLF STUNDEN AUF DER ARBEIT SEIN SOLLEN, TAUCHTE ABER NIE AUF.
VALERIA JOHNSON HAT NOCH NIE AUF DER ARBEIT GEFEHLT, SEIT SIE 16 WAR.
ICH BIN IHRER SPUR DURCH MUNDPROPAGANDA UND ÜBERWACHUNGSKAMERAS IN DIESES VIERTEL GEFOLGT.
ICH HOFFE, ICH KOMME NICHT ZU SPÄT.
TOK
?

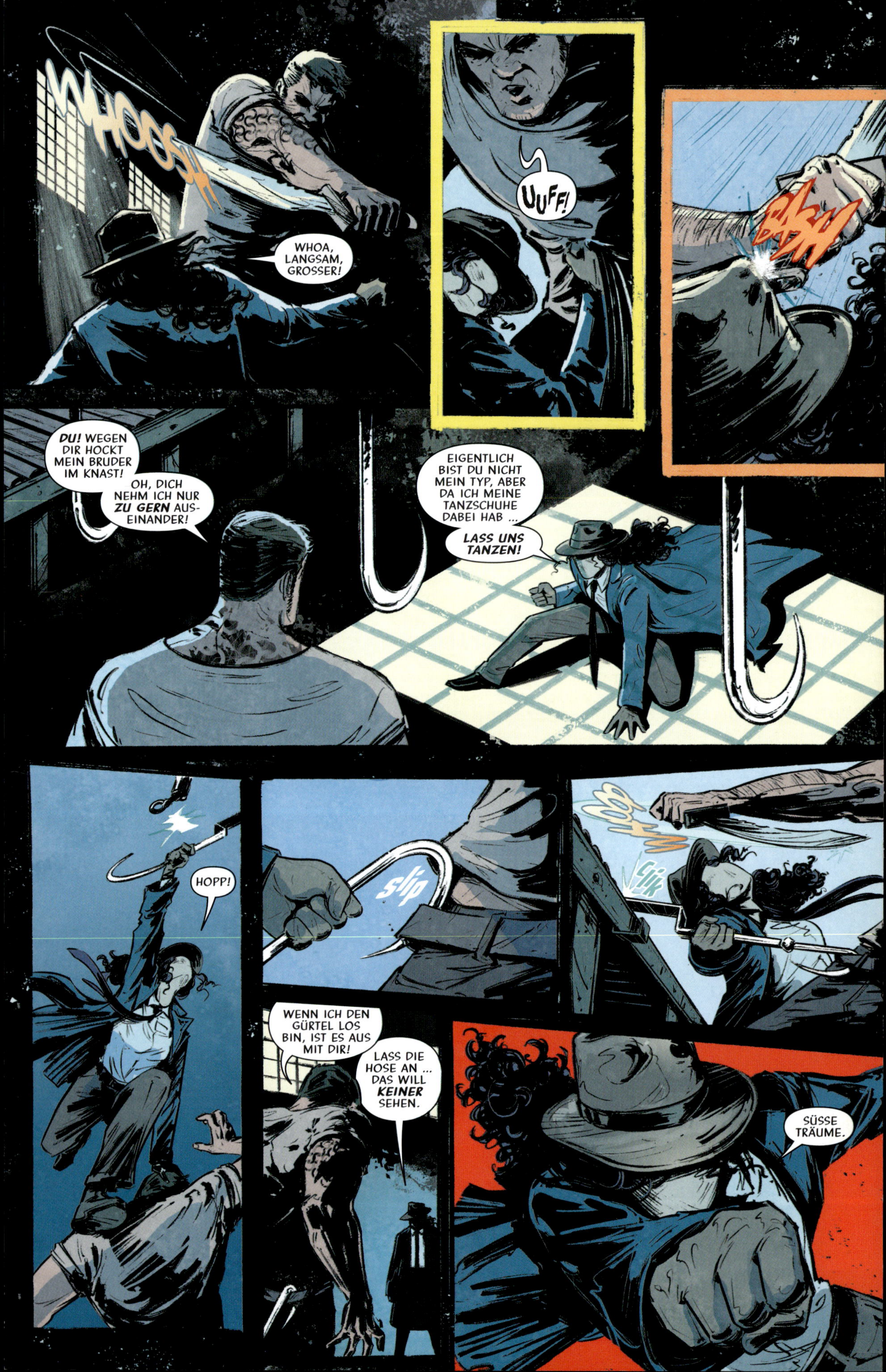

WHOOOSH
WHOA, LANGSAM, GROSSER!
UUFF!
BASH
DU! WEGEN DIR HOCKT MEIN BRUDER IM KNAST!
OH, DICH NEHM ICH NUR ZU GERN AUSEINANDER!
EIGENTLICH BIST DU NICHT MEIN TYP, ABER DA ICH MEINE TANZSCHUHE DABEI HAB ...
LASS UNS TANZEN!
HOPP!
slip
WHOSH
CLIK
WENN ICH DEN GÜRTEL LOS BIN, IST ES AUS MIT DIR!
LASS DIE HOSE AN ... DAS WILL KEINER SEHEN.
SÜSSE TRÄUME.

DEIN MANGEL AN AUSDAUER IST ENTTÄUSCHEND, ABER NICHT ÜBER-RASCHEND.
THUP
THUD
THUD
KIIIYA!
VALERIA!
THUD
LASST SIE IN RUHE, IHR MIST--
ICH WEISS DIE GESTE ZU SCHÄTZEN, ABER ICH PASS SCHON MEIN GANZES LEBEN AUF MICH SELBST AUF.
CROOMM
NNNFF ...
B-BITTE, AUFHÖREN ... TUT MIR LEID!
WÄR BEEINDRUCKT, HÄTT ICH DICH NICHT SCHON IM GERICHTS-SAAL GESEHEN.
DU HAST DICH BE-FREIT?
HAB MEINE MITTEL.
HEH. GLAUB ICH GERN.
OH HO HO, WIRST DU ETWA ROT UNTER DER MASKE?
DAS ... GEHT NIEMANDEN AUSSER MIR WAS AN, OKAY?

EIN PAAR NÄCHTE UND EINE GEWONNENE WAHL SPÄTER ...
AUF UNS!
JETZT GEHT'S ERST **RICHTIG** LOS!
HAB DICH SO LIEB, SCHWESTERCHEN.
GEHT SCHLAFEN. ICH ERWARTE DIE HÄLFTE VON EUCH UM ACHT IM BÜRO!
DAS WORT „PAUSE" EXISTIERT FÜR DICH NICHT, ODER?
PASST DU AUF MICH AUF?
DAS IST UNNÖTIG.
STIMMT. ABER DU KANNST MICH BEGLEITEN.
TUST DU DAS?
WENN DIE DAME WILL.
SIE WILL.
WIR SIND DA.
SOLL VERMUTLICH NICHT NACHSCHAUEN, OB UNTER DEINEM BETT MONSTER SIND?
EIN ANDERES MAL. MUSS MORGEN FRÜH RAUS.
HAB'S VERSUCHT. GUTE NACHT, FRAU STADTRÄTIN.
BIS DANN, RENEE.
ÄH, HEH, JA ...
HALT, WOHER WEISST DU--?!
HAB MEINE MITTEL ...
ERST DER ANFANG ...

HARLEY QUINN UND POISON IVY IN

EIN ANDERES WORT FÜR EINEN LASTER, MIT DEM MAN MÖBEL RUMFÄHRT

Another Word for a Truck to Move Your Furniture
DC Pride 1

MARIKO TAMAKI
Story

AMY REEDER
Zeichnungen

MARISSA LOUISE
Farben

WEISSTE, WIE DAS AUSSIEHT, IVY?
WEISS NICHT, HARLEY. WIE 'NE MISCHUNG AUS EINER RIESEN RAFFLESIA UND 'NER FLEDERMAUSBLUME, DIE MAN IN EINEN RADIOAKTIVEN BIO-KONVERTER GESTOPFT HAT?
ICH WOLLTE SAGEN, WIE EIN ZOMBIE-T-REX, GEMISCHT MIT DREI GOLDEN RETRIEVERN AUS BLAUBEER-MARMELADE.
ÄH ...
OH!
OH!
ODER!
WIE EIN VERKATERTER BATMAN, DER VON EINEM ALTEN SCHWAMM GEFRESSEN WURDE.

GRAAAR
SO SIEHT'S FÜR DICH AUS?
ICH NENNE ES ARCHIBALD UND ICH WERDE ES LIEBEN UND GANZ VIEL KNUDDELN.
WAS WILLST DU JETZT MACHEN?
VERMUTLICH DIESES DING FANGEN, BEVOR ES DIE STADT ZERSTÖRT.

OH SCHAU! ES KOTZT!
HAR--
BRAVES BLÜMCHEN!
CHOMP
BÖSES BLÜMCHEN!

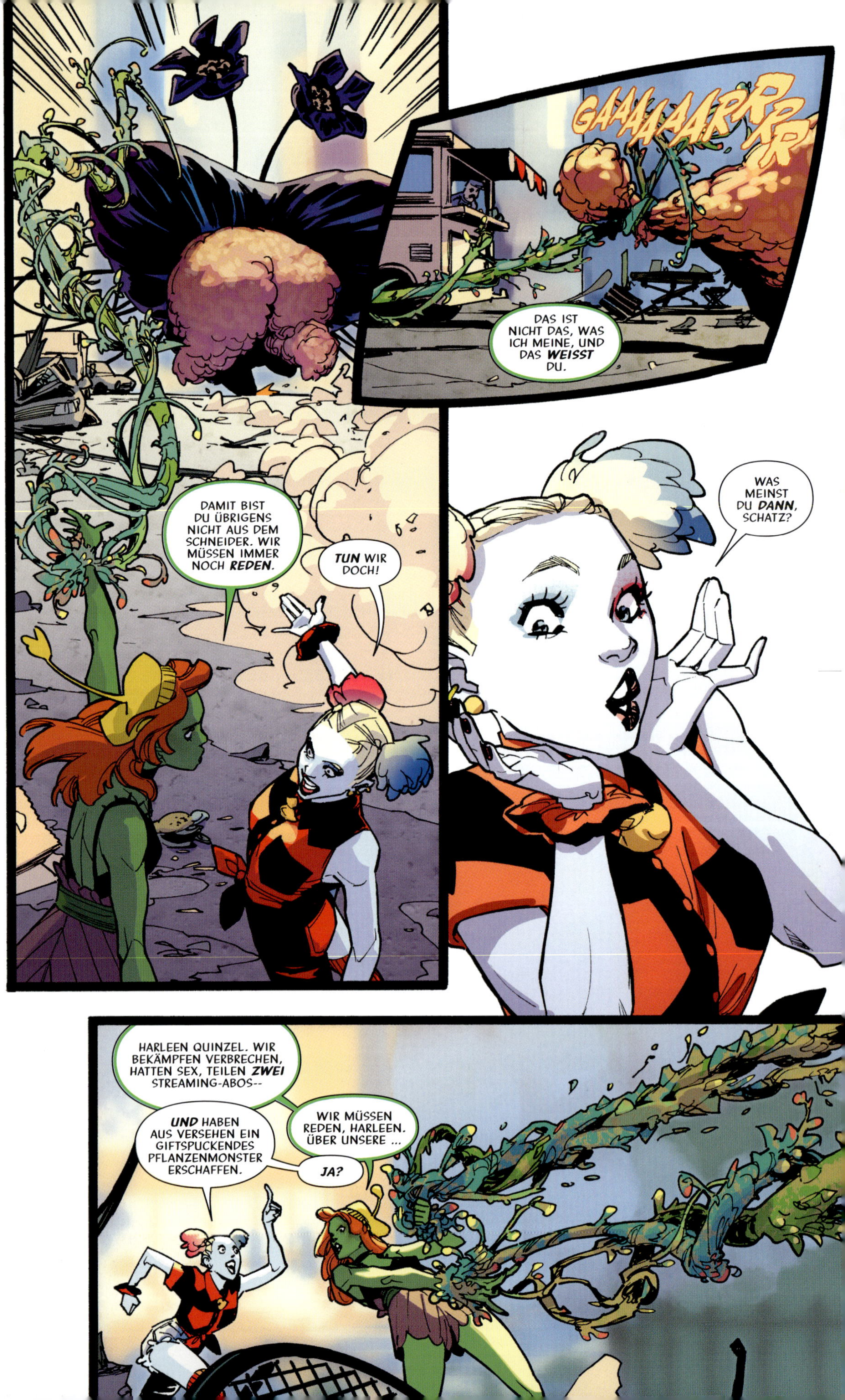

GAAAAAARRRRR
DAS IST NICHT DAS, WAS ICH MEINE, UND DAS WEISST DU.
DAMIT BIST DU ÜBRIGENS NICHT AUS DEM SCHNEIDER. WIR MÜSSEN IMMER NOCH REDEN.
TUN WIR DOCH!
WAS MEINST DU DANN, SCHATZ?
HARLEEN QUINZEL. WIR BEKÄMPFEN VERBRECHEN, HATTEN SEX, TEILEN ZWEI STREAMING-ABOS--
UND HABEN AUS VERSEHEN EIN GIFTSPUCKENDES PFLANZENMONSTER ERSCHAFFEN.
WIR MÜSSEN REDEN, HARLEEN. ÜBER UNSERE ...
JA?

UNSERE WAS?
UNSERE VERBINDUNG?
UNSERE VEREINBARUNG?
UNSERE KLEINE SCHILDKRÖTE?
UNSER INTERMEZZO?
UNSERE REISEGEFÄHRTEN?
RRRRRRR
WAS REDEST DU DA?
WAS?
UNSER ... ZWINKER, ZWINKER ...
TUN SIE'S oder nicht?

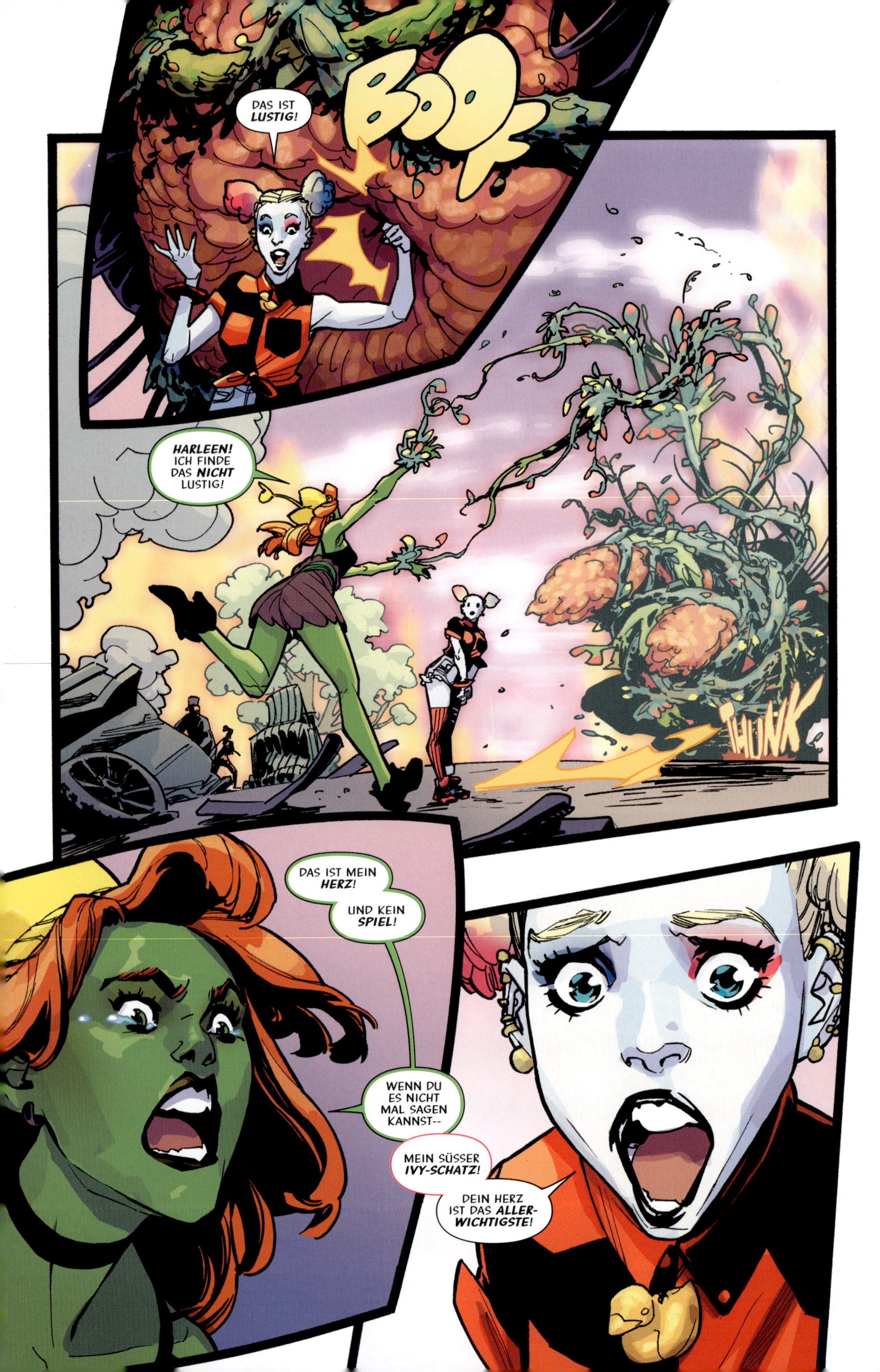

DAS IST LUSTIG!
BOOF
HARLEEN! ICH FINDE DAS NICHT LUSTIG!
THUNK
DAS IST MEIN HERZ!
UND KEIN SPIEL!
WENN DU ES NICHT MAL SAGEN KANNST--
MEIN SÜSSER IVY-SCHATZ!
DEIN HERZ IST DAS ALLER-WICHTIGSTE!

ICH MAG DAS WORT NICHT, WEIL BEZIEHUNGEN EIN INSTRUMENT DER UNTERDRÜCKUNG SEIN KÖNNEN, UND ICH WILL DICH NIEMALS UNTERDRÜCKEN ODER JEMALS **WIEDER** ...
... UNTERDRÜCKT **WERDEN**.
ABER **DU** BIST **MEIN** SÜSSER SCHATZ.
UND ICH BIN FÜR IMMER UND EWIG **DEIN** SÜSSER SCHATZ.
JA?
JA.
HUST

COOL!
HEY! TEILEN WIR 'NEN OBSTSALAT?
UND REDEN ÜBER UNSERE **BEZIEHUNG**?
JA, SEHR GERNE.
HAB'S JA GESAGT. **TOTALER** „U-HAUL".
DIE ZWEI? **OH** JA.
Ende

GREEN LANTERN UND OBSIDIAN IN

DAS LICHT MEINES LEBENS!

He's the Light of My Life!
DC Pride 1

SAM JOHNS
Story

KLAUS JANSON
Zeichnungen & Tusche

DAVE McCAIG
Farben

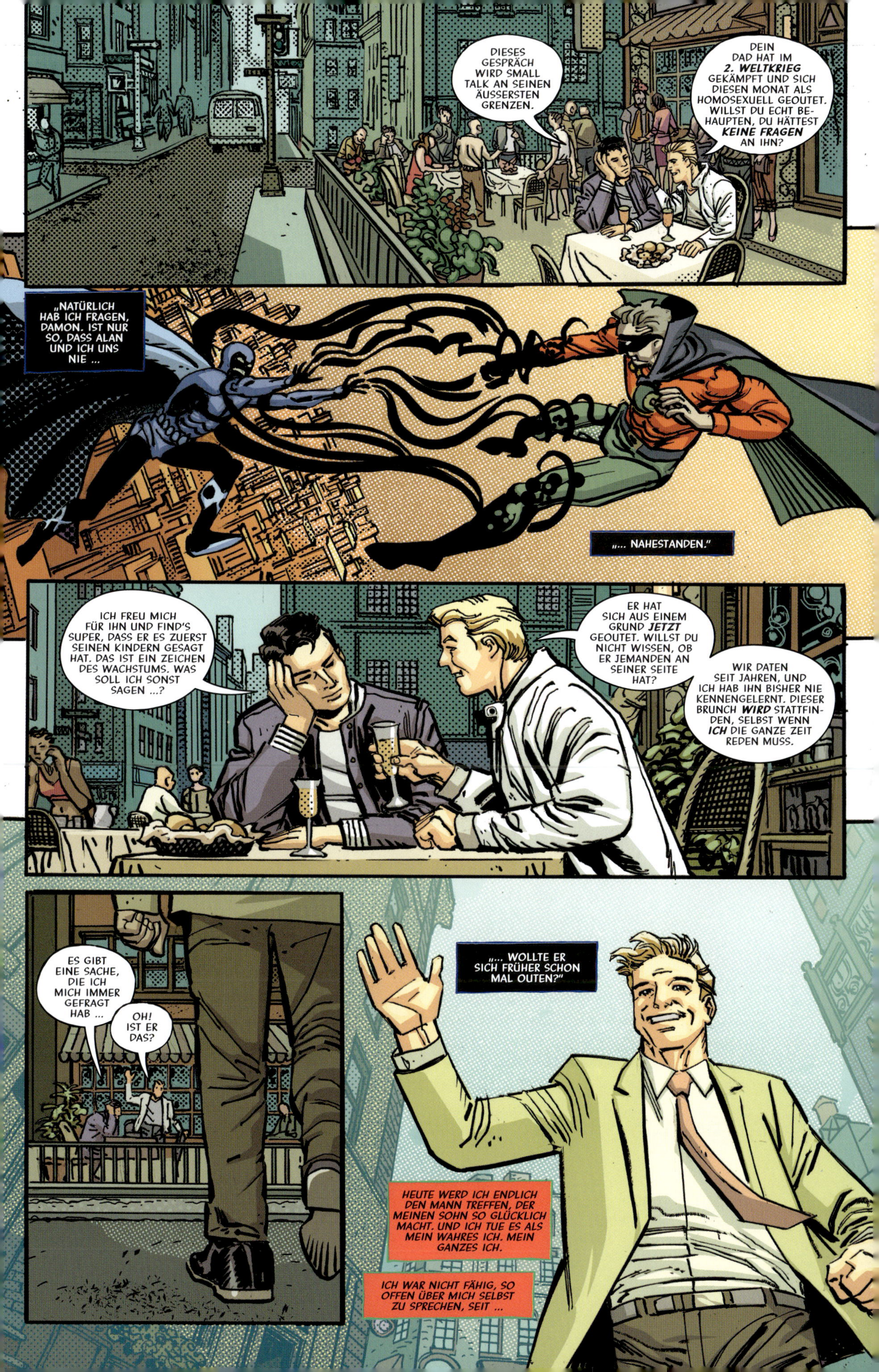
DIESES GESPRÄCH WIRD SMALL TALK AN SEINEN ÄUSSERSTEN GRENZEN.
DEIN DAD HAT IM **2. WELTKRIEG** GEKÄMPFT UND SICH DIESEN MONAT ALS HOMOSEXUELL GEOUTET. WILLST DU ECHT BEHAUPTEN, DU HÄTTEST **KEINE FRAGEN** AN IHN?
„NATÜRLICH HAB ICH FRAGEN, DAMON. IST NUR SO, DASS ALAN UND ICH UNS NIE ...
„... NAHESTANDEN."
ICH FREU MICH FÜR IHN UND FIND'S SUPER, DASS ER ES ZUERST SEINEN KINDERN GESAGT HAT. DAS IST EIN ZEICHEN DES WACHSTUMS. WAS SOLL ICH SONST SAGEN ...?
ER HAT SICH AUS EINEM GRUND **JETZT** GEOUTET. WILLST DU NICHT WISSEN, OB ER JEMANDEN AN SEINER SEITE HAT?
WIR DATEN SEIT JAHREN, UND ICH HAB IHN BISHER NIE KENNENGELERNT. DIESER BRUNCH **WIRD** STATTFINDEN, SELBST WENN **ICH** DIE GANZE ZEIT REDEN MUSS.
ES GIBT EINE SACHE, DIE ICH MICH IMMER GEFRAGT HAB ...
OH! IST ER DAS?
„... WOLLTE ER SICH FRÜHER SCHON MAL OUTEN?"
HEUTE WERD ICH ENDLICH DEN MANN TREFFEN, DER MEINEN SOHN SO GLÜCKLICH MACHT. UND ICH TUE ES ALS MEIN WAHRES ICH. MEIN GANZES ICH.
ICH WAR NICHT FÄHIG, SO OFFEN ÜBER MICH SELBST ZU SPRECHEN, SEIT ...

ALS ICH IHN TRAF, WAR ER NUR EIN MITREISENDER.
JIMMY HENTON.

DOCH ALS ER ZUGFÜHRER WURDE, SAH ICH IHN REGELMÄSSIG.
IN DEM JAHR FUHR ICH VIERMAL DIE WOCHE ZUG.
DER MASCHINENRAUM WAR DUNKEL UND ENG, ABER MEIN LIEBLINGSORT, UM IHN ZU SEHEN.
SO GING'S EINE GANZE WEILE LANG, BIS ...
... ES ENDETE.
DOCH AUS DIESER DUNKELHEIT ...
... KAM EIN LICHT.

ALSO ICH SCHAFF KEINEN EINZIGEN BISSEN MEHR.
SCHEINST ABER KEIN PROBLEM DAMIT ZU HABEN, NOCH EINEN DRINK EINZUGIESSEN.
MIMOSAS KAUT MAN NICHT, TODD.
DU KOMMST SICHER ALLEINE KLAR, BIS ICH GEZAHLT UND HALLO GESAGT HAB.
ALSO, ÄH ...
IST EIN NETTES RESTAURANT. WARST DU SCHON ÖFTER HIER?
JA, DAMON KENNT DEN KOCH HIER ZIEMLICH GUT.
DAMON SCHEINT EIN TOLLER KERL ZU SEIN! BIN FROH, DASS DU JEMANDEN HAST, DER DICH GLÜCKLICH MACHT.
DANKE.
...
WUSSTEST DU, DASS ICH SCHON MAL HIER WAR? IST LANGE HER. DAMALS WAR ES EINE BAR FÜR, ÄH, EINGEFLEISCHTE JUNGGESELLEN, ALSO ... MÄNNER WIE UNS.
DAS IST ES IRGENDWIE IMMER NOCH. DIE BESITZER SIND SCHWUL.

WIRKLICH? ES IST SO ANDERS ALS FRÜHER. ICH HÄTTE GEDACHT--
TUT MIR LEID. KANN MEINE GEDANKEN SCHWER IN WORTE FASSEN.
KOMM, ALAN. LASS MICH DIR ETWAS ZEIGEN.
HIER SOLLTEN WIR UNGESTÖRT SEIN.
DEN RAUM BENUTZEN SIE MEIST NUR FÜR DRAG-BINGO.
BINGO? ICH DACHTE, DER LADEN WIRD VON JUNGEN LEUTEN GEFÜHRT ...
DU WOLLTEST MIR ETWAS ERKLÄREN, RICHTIG?
ZEIG ES MIR DOCH MIT DEM RING.
SEHR GERN.
DAS WAR JIMMY. MEINE ERSTE LIEBE.

ZUM BEISPIEL WAR DIE BAR DORT DRÜBEN. ALLE FENSTER WAREN VERRAMMELT. UND MAN KAM NATÜRLICH NUR DURCH DIE HINTERTÜR REIN ...
ALS JIMMY STARB, GAB ES NIEMANDEN, DER VON UNS WUSSTE. NIEMANDEN, MIT DEM ICH TRAUERN KONNTE ODER DER VERSTANDEN HÄTTE.
KURZ DANACH FING ICH AN, HIERHER ZU KOMMEN, ABER ES WAR ... ANDERS.
ABER MAN BLIEB NICHT LANGE. WENN MAN JEMANDEN SAH, DER EINEM GEFIEL, VERSUCHTE MAN, BLICKKONTAKT HERZUSTELLEN, UND HOFFTE, DASS ER EINEM NACH DRAUSSEN FOLGTE.
ABER ICH WAR ZU SCHÜCHTERN.
DIE PROHIBITION WAR GERADE ERST AUFGEHOBEN WORDEN, ABER ES WAR IMMER NOCH ILLEGAL, GÄSTE MIT, ÄH, GEWISSEN VORLIEBEN ZU BEWIRTEN.
WENIG ÜBERRASCHEND, DASS DIE MEISTEN DIESER SPEZIELLEN KNEIPEN KEINE AUSSCHANKLIZENZ HATTEN.
DAS WAR DIE TAKTIK.
SIE BEHAUPTETEN, WIR HÄTTEN KEINE MORAL, UND MACHTEN UNS ZU KRIMINELLEN, UM ES ZU BEWEISEN.
FÜR EINEN JUNGEN VERBRECHERJÄGER WAR ES ZU RISKANT, POLITISCH ZU WERDEN.
POLITISCH WERDEN? DU MEINST, EXISTIEREN?
TJA, WIE AUCH IMMER DU ES NENNST, DIE LEUT HÖRTEN NICHT AUF, SIE SELBST ZU SEIN. SIE KAM AUCH IN DEN DREISSIG JAHREN, IN DENEN ICH DEN KOPF IN DEN SAND GESTECKT HATTE.

HALT, IST DAS--? HAB ICH DAS AUF INSTAGRAM GEPOSTET?
ICH WEISS, ICH WAR NICHT IMMER FÜR DICH DA, WAS ABER NICHT HEISST, DASS ICH DICH NICHT IM AUGE BEHALTEN HÄTTE.
HÖR ZU, ICH BIN JETZT ERWACHSEN UND HAB'S NICHT NÖTIG, DASS MEIN ENTFREMDETER VATER DAS INTERNET NACH MÖGLICHKEITEN DURCHSTÖBERT, MIR RATSCHLÄGE ZU GEBEN.
ICH ... WAR NUR UM DICH BESORGT.
DAS LEBEN HAT'S DIR NICHT LEICHT GEMACHT. ICH WEISS, DU HATTEST NICHT DIE BESTE KINDHEIT UND SICHER MIT MEHR SCHWIERIGKEITEN ZU KÄMPFEN, ALS ICH AHNE.
ABER AUCH ICH HAB MICH VERÄNDERT. ICH WEISS ABER IMMER NOCH NICHT, OB DU DEIN LEBEN GEMEISTERT HAST UND DIR DAS DEN MUT GAB, DICH ZU OUTEN, ODER OB DEIN OUTING DIR DIE VIELEN ANDEREN KLEINEN DINGE, DIE DICH BELASTEN, NUR LEICHTER GEMACHT HAT.
ICH WEISS NUR, ICH WOLLTE DIESES GEFÜHL. ICH BRAUCHTE ETWAS, VON DEM ICH NICHT WUSSTE, DASS ES MIR FEHLT.
ALS JIMMY STARB, MUSSTE ICH DAS ALLEIN BEWÄLTIGEN. JETZT SEHE ICH, DASS DAS VIELLEICHT NICHT NÖTIG WAR. DAMALS TAT ICH, WAS ICH FÜR NÖTIG HIELT, UM ZU ÜBERLEBEN.
ERGIBT DAS ALLES SINN? DU WARST DAS LICHT IN DER DUNKELHEIT.
DER GRUND FÜR MEIN OUTING.

ICH WEISS, DEIN LEBEN IST NICHT LEICHT. WIRD ES VIELLEICHT **NIE** SEIN. ABER DU MUSST DICH IHM NIE WIEDER **ALLEIN** STELLEN.
ES TUT MIR LEID, TODD. ICH SCHWÖRE, ICH WERDE VERSUCHEN, EIN BESSERER VATER ZU SEIN.
DAS KLINGT TOLL, DAD, ABER …
… WIR SOLLTEN UNS ERST MAL UMARMEN.
GIBT'S HIER IMMER NOCH 'NE HINTERTÜR? JETZT DA ICH MEIN KOSTÜM TRAGE …
„… FLIEG ICH MAL MEINE ALTE ROUTE AB."

FLASH IN

KLAMOTTEN
MAKE-UP
GESCHENK

Clothes
Makeup
Gift
DC Pride 1

DANNY LORE
Story

LISA STERLE
Zeichnungen

ENRICA EREN ANGIOLINI
Farben

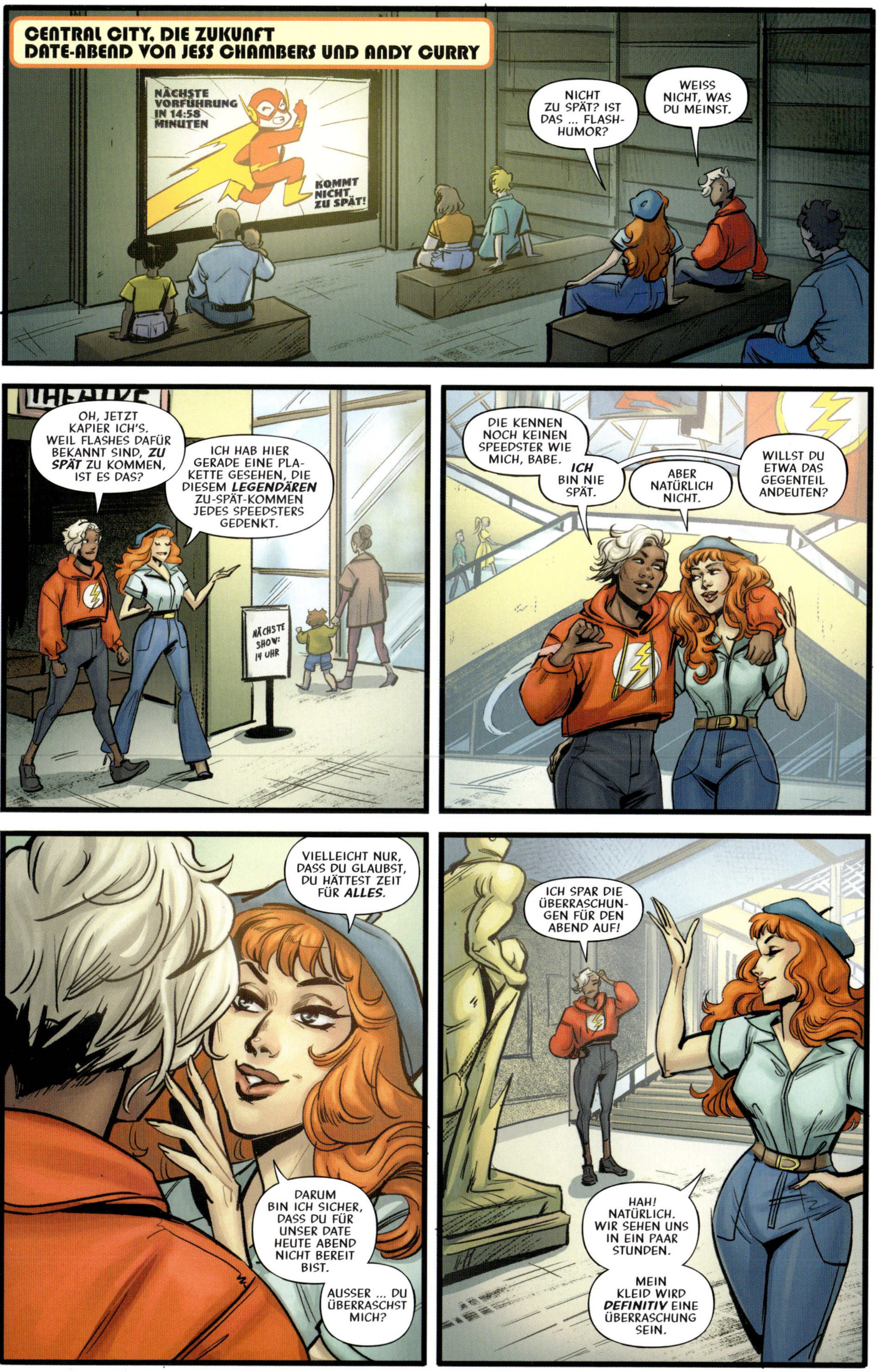
CENTRAL CITY, DIE ZUKUNFT
DATE-ABEND VON JESS CHAMBERS UND ANDY CURRY
NÄCHSTE VORFÜHRUNG IN 14:58 MINUTEN
KOMMT NICHT ZU SPÄT!
NICHT ZU SPÄT? IST DAS ... FLASH-HUMOR?
WEISS NICHT, WAS DU MEINST.
OH, JETZT KAPIER ICH'S. WEIL FLASHES DAFÜR BEKANNT SIND, ZU SPÄT ZU KOMMEN, IST ES DAS?
ICH HAB HIER GERADE EINE PLAKETTE GESEHEN, DIE DIESEM LEGENDÄREN ZU-SPÄT-KOMMEN JEDES SPEEDSTERS GEDENKT.
NÄCHSTE SHOW: 14 UHR
DIE KENNEN NOCH KEINEN SPEEDSTER WIE MICH, BABE.
ICH BIN NIE SPÄT.
ABER NATÜRLICH NICHT.
WILLST DU ETWA DAS GEGENTEIL ANDEUTEN?
VIELLEICHT NUR, DASS DU GLAUBST, DU HÄTTEST ZEIT FÜR ALLES.
DARUM BIN ICH SICHER, DASS DU FÜR UNSER DATE HEUTE ABEND NICHT BEREIT BIST.
AUSSER ... DU ÜBERRASCHST MICH?
ICH SPAR DIE ÜBERRASCHUNGEN FÜR DEN ABEND AUF!
HAH! NATÜRLICH. WIR SEHEN UNS IN EIN PAAR STUNDEN.
MEIN KLEID WIRD DEFINITIV EINE ÜBERRASCHUNG SEIN.

SPÄT? WIE HAST DU DAS GESCHAFFT?
IST JA NICHT SO, DASS WIR JE IN ZEITNOT WÄ--
ICH NICHT. ICH WAR FÜR DIESEN TEIL NICHT ZUSTÄNDIG.
WIE WAR DAS?
SORRY, MA'AM.
WAS IST DENN DA DRÜBEN LOS?
WAS ZUM TEUFEL--?!
WHOOOOSH
WENN WIR DIESES DING NICHT FINDEN, WIRD HIER JEMAND GEFEUERT.
FLASH?
SCHEINT, IHR KÖNNTET ETWAS HILFE BRAUCHEN. WAS IST DENN LOS?
EIN EXPONAT WURDE GESTOHLEN.
„MIRROR MASTERS MIRROR GUN, ZERSTÖRT IM KAMPF MIT" ... BLABLABLA ... EINE AHNUNG, WER ES WAR?
WIR HABEN DAS IM GRIFF, FLASH. ZEUGEN, BEWEISE UND EIN PAAR SEHR GUTE SPUREN.
NUR KEINE SORGE.

GANZ SICHER? ICH KANN HELFEN. ZUMINDEST ... GANZ KURZ?
DANKE, WIR KOMMEN KLAR.
OKAY, HAB EINE STUNDE BEI EINEM SPONTANEN FAN-TREFFEN VERLOREN.
KANN ABER NOCH IMMER ALLES FÜR DAS DATE BESORGEN. KLAMOTTEN, MAKE-UP, GESCHENK.
ZUM GLÜCK HAB ICH DAS KOSTÜM AN ...
SOMIT IST KLAR, WIE **SCHNELL** DAS GEHEN MUSS.
IST EHER WAS FÜR DEN PARK.
1. TEIL: KLAMOTTEN.
RÖCKE SIND BEIM SPEEDING SCHLECHT. HAB ICH AUF DIE HARTE TOUR GELERNT.
2. TEIL: MAKE-UP.
DA HABEN WIR 'NEN VOLLTREFFER.
3. TEIL: GESCHENK.

... PRALINEN? BLUMEN?
HAB ICH IRGENDWAS VERGESSEN?
WAS--
NICHT MEINE HAARE. DIE SIND PERFEKT.
ABER WAS DENN DANN?
ACH JA! JETZT WEISS ICH'S--
IST **DAS** AUCH PERFEKT, ***FLASH***?!
HAB GEHÖRT, DASS SPIEGEL IN LÄDEN DIE PROPORTIONEN VERZERREN.
WILLST DU WISSEN, WIE DEIN OUTFIT ***WIRKLICH*** AUSSIEHT?

SCHAU IN EINEN VON MEINEN!
WER ...? HALT. IST DAS ... EINE MIRROR MASTER-SACHE? SCHON, ODER?
MEIN EIGENER MIRROR MASTER.
DAS IST FAST DAS RISIKO WERT, DASS ICH WEGEN DIR ZU SPÄT KOMME.
ICH HAB VON MEINEM VORGÄNGER GELERNT.
ABER ICH HEISSE REFLEK.
BAM
HEY, HEY, HEY, LASS DAS, OKAY?
ZUMINDEST WAR DAS NICHT ICH ... ZUMINDEST WAR DAS--
CRSSSH
ERST DACHTE ICH, DU FOLGST MIR WEGEN DEM MUSEUMSDIEBSTAHL.
ABER DU HATTEST KEINE AHNUNG, ODER? NUR RIESENGLÜCK.
DACHTEST DU ECHT ...
... ES WÄRE SO LEICHT?

URGH ... KLAMOTTEN MAKE-UP-- MIST ...
KAPIERT, WIE ERLEDIGT DU BIST, FLASH?
NÖ, ABER DASS ICH ETWAS VERGESSEN HAB.
HAST DU AUCH DAS PROBLEM ...
... DASS DU ALLES AUF EINMAL MACHEN WILLST ...
... UND SO LEICHT WAS VERGISST?
ODER IST DAS 'NE FLASH - SACHE?
HA! DANE-BEN!
OH, DU HAST ...
... ALSO DEINEN EIGENEN SPIEGELKRAM, WAS?
LASS UNS ...
MAN HAT MICH GEWARNT, DASS FLASH-GEBRABBEL SCHON BEI NORMALEM TEMPO UNVERSTÄND-LICH IST, GESCHWEI-GE DENN WÄHREND EINES KAMPFES, ABER--
JA, DAS TUT MIR LEID.
... SHOPPEN GEHEN!

EIN MAKE-UP-LADEN!
BESSER GEHT'S NICHT.
MIR IST DAS ROUGE, DAS MEIN BABE MAG, AUSGEGANGEN.
ICH LEIH MIR DAS MAL GANZ KURZ AUS.
... ÄH ... NEIN. DAS BEHALT ICH DAUERHAFT, OKAY?
SO BIN ICH SONST NICHT, ABER HEUTE MUSS ICH ...
... IMPROVISIEREN.
HAT IHNEN WER GEHOLFEN?
NEIN, ABER DANKE.
... UUUUGHHHHH ... MEIN ... RÜCKEN ...
SAGTE, ICH KANN HELFEN!
DAS HAT PRAKTISCH NULL ZEIT GEKOSTET! UND ICH HAB ALLES BESORGEN KÖNNEN ... KLAMOTTEN ...
MAKE-UP ...
DATE-ABEND BEGINNT IN ZWEI MINUTEN.
WAAAH MAL 38972⁵.

NIE ZU SPÄT. KLAR.
NIE, WENN ES UM DICH GEHT, BABE.
NUR EINE MINUTE ZU SPÄT. WOW.
ZÄHLT DAS ÜBERHAUPT?
NEIN. OKAY. DU BIST PÜNKTLICH. WAS IST DEIN GEHEIMNIS?
DER TRICK FÜR GUTES ZEIT-MANAGEMENT IST ...
... ALLES NAHE BEIEINANDER-ZUHALTEN!

PIED PIPER IN

DER BESSERE WEG

Be Gay, Do Crime
DC Pride 1

SINA GRACE
Story

RO STEIN
TED BRANDT
Zeichnungen & Farben

Central City
SPENDENGALAS OHNE BERÜHMTE GÄSTE ODER SUPERBEKANNTE MUSIKBANDS KÖNNEN STERBENSLANGWEILIG SEIN.
Mentale Achtsamkeit Forschungsförder
CENTRAL CITYS POLIZEI SCHEINT JEDOCH VOM EREIGNISMANGEL DIESES EVENTS ZIEMLICH UNBEEINDRUCKT ZU SEIN.
VIELLEICHT IST ETWAS ANDERES IM GANGE?
SIEHT GANZ SO AUS.
PIED PIPER IN ...
JA!
MEIN GOTT, ES KLAPPT!
NA LOS, NOCH 45.000 UND DAS WAR'S--
BZZAMM
AGH!
Be Gay, DO CRIME.*
* DER BESSERE WEG

JEMAND, DER MEINE TECHNIK MIT BEATS NACHÄFFT?
DAS IST SCHMEICHELHAFT UND ÄRGERLICH.
LASS MICH IN RUHE, PIED PIPER.
ICH BIN NUR HIER, UM VOLLE GELDBEUTEL BESSER ZU NUTZEN ALS FÜR ZIEGEN-YOGA FÜR BOBOS.*
SORRY, TROMMELTANTE, ABER ICH KANN DICH NICHT ANDERER LEUTE GELD STEHLEN LASSEN.
* DIE BOURGEOISE, OBERSCHICHT-- CARO.
UND HAST DU MAL DRÜBER NACHGEDACHT, DASS DIESE LEUTE DEN BETRUG ANZEIGEN WERDEN UND DU AUF DEM FBI-RADAR LANDEST?
UND FÜR WAS IST DIE KOHLE? SNEAKERS? HANDTASCHEN?
ICH TU DAS FÜR UNSERE LEUTE!
FÜR MEINE COMMUNITY!
EIN GIERIGER VERMIETER HAT GERADE ALLE MIETEN IN UNSERER GAY-NACHBARSCHAFT ERHÖHT! BARS, BÜCHERLÄDEN, OBDACHLOSENHEIME ... ER WILL ALLE LOSWERDEN!
UND WENN ICH NICHT DAS GELD DIESER LEUTE DA UNTEN KRIEGE ... NEHM ICH'S VON DIR!
HALT, DAS PASSIERT HIER? IN CENTRAL CITY?
JEP. ARME LEUTE KÖNNEN EINANDER NUR SOUNDSO VIEL GOFUNDEN, UND AUF „HELDEN" WIE DICH KÖNNEN WIR UNS AUCH NICHT VERLASSEN.
WAS HAST DU IN LETZTER ZEIT SO BEWEGT?

„ALS ICH IM WAISENHAUS HERANWUCHS, WART IHR VORBILDER!
PIED PIPER NIMMT VON DEN REICHEN
„ES GAB SONST NIEMANDEN DA DRAUSSEN, DER TAT, WAS IHR GETAN HABT, UND DINGE REGELTE, DIE MICH WIRKLICH BETRAFEN!
„ABER NUN WERDEN WIR RAUSGEWORFEN, UND IHR SEID NICHT DA!
„UND WENN WIR DAS GELD ZUSAMMENKRIEGEN, ERHÖHT ER DIE MIETEN NOCH MEHR!"
ICH WURDE MEIN EIGENER HELD ...
ALLES WAS DU IN LETZTER ZEIT TUST, SIND ERÖFFNUNGEN UND FOTOSESSIONS MIT DEINEM KUMPEL FLASH. WAS NOCH ... NACHBARSCHAFTS-PATROUILLEN?
SO EINFACH IST ES NICHT.
WENN MAN ÄLTER WIRD, WIRD EINEM DIE NOTWENDIGKEIT VON SYSTEMEN ETWAS KLARER. GEDANKENKONTROLLE FÜR SCHNELLE LÖSUNGEN IST NICHT--
DAS SAGST DU BONZE SO LEICHT!
ALL DIESE SYSTEME MACHEN ES GEFÄHRDETEN JUGENDLICHEN UND KLEINEN GESCHÄFTSINHABERN UNMÖGLICH ZU ÜBERLEBEN.
VERHAFTE MICH. VIELLEICHT BRINGT UNS DAS IN DIE MEDIEN.
HM, WIE KANN MAN MIT EINEM DISKRIMINIERENDEN VERMIETER UMGEHEN ...?
KOMM, FOLGE MIR.
WIR TUN WAS WENIGER ÜBERGRIFFIGES.

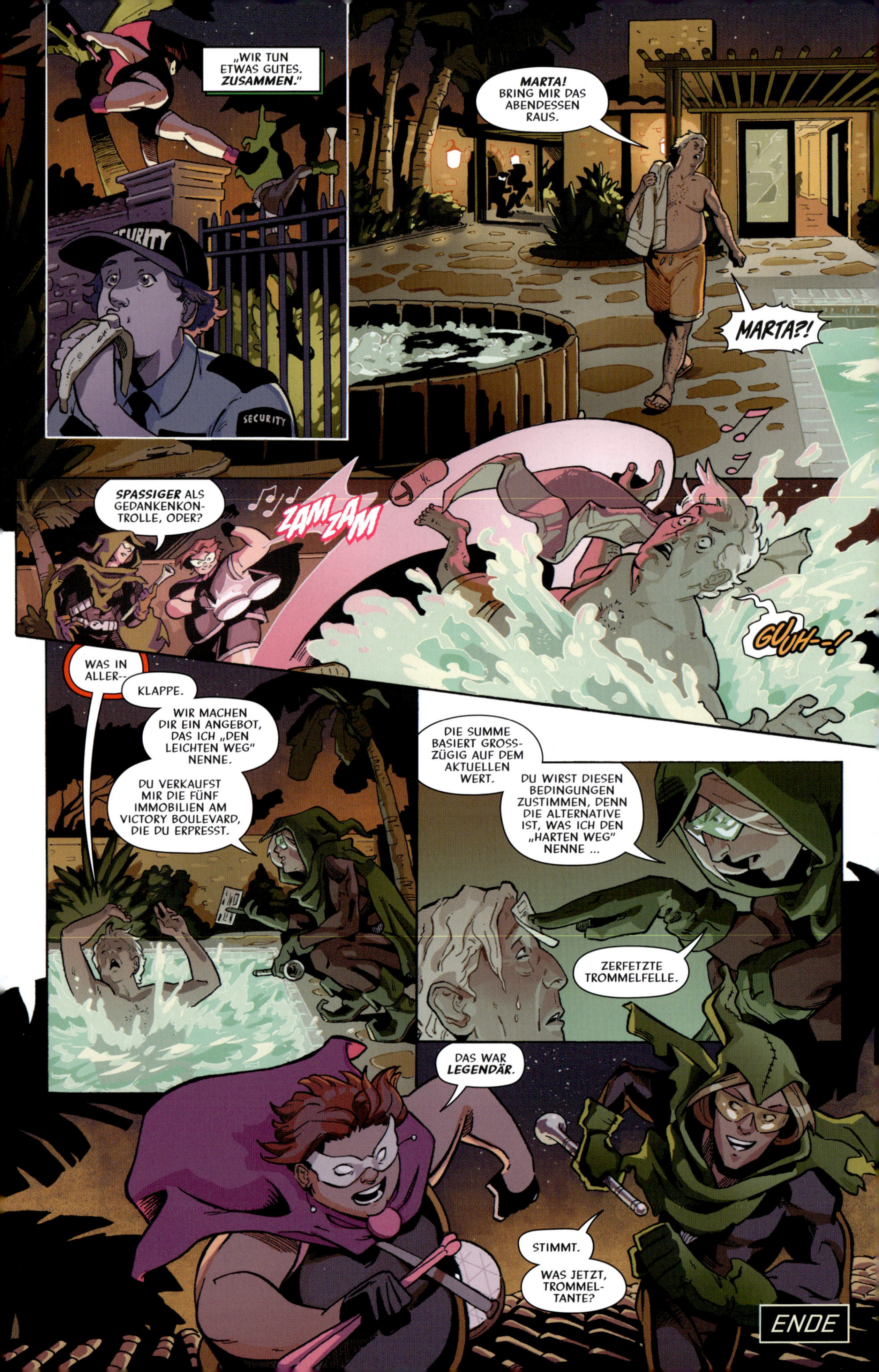
„WIR TUN ETWAS GUTES. ZUSAMMEN."
SECURITY
SECURITY
MARTA! BRING MIR DAS ABENDESSEN RAUS.
MARTA?!
SPASSIGER ALS GEDANKENKONTROLLE, ODER?
ZAM ZAM
GUUH--!
WAS IN ALLER--
KLAPPE.
WIR MACHEN DIR EIN ANGEBOT, DAS ICH „DEN LEICHTEN WEG" NENNE.
DU VERKAUFST MIR DIE FÜNF IMMOBILIEN AM VICTORY BOULEVARD, DIE DU ERPRESST.
DIE SUMME BASIERT GROSSZÜGIG AUF DEM AKTUELLEN WERT.
DU WIRST DIESEN BEDINGUNGEN ZUSTIMMEN, DENN DIE ALTERNATIVE IST, WAS ICH DEN „HARTEN WEG" NENNE ...
ZERFETZTE TROMMELFELLE.
DAS WAR LEGENDÄR.
STIMMT.
WAS JETZT, TROMMELTANTE?
ENDE

DREAMER IN

DATE-ABEND

Date Night
DC Pride 1

NICOLE MAINES
Story

RACHAEL STOTT
Zeichnungen

ENRICA EREN ANGIOLINI
Farben

NATIONAL CITY
STEHT DEIN DATE HEUTE NOCH?
Supergirl alias Kara Zor-El. Kryptonierin. Unzerstörbar, Superkraft, Supertempo, Eispuste, Laser- und Röntgenblick.
JA! WENN ICH HIER FERTIG BIN, LÄDT MICH BRAINY ZUM ESSEN UND INS KINO EIN.
HAST DU DAFÜR AUCH GENUG ZEIT, DREAMER? SOLL ICH SICHER NICHT VORBEI-FLIEGEN UND DIR HELFEN? ICH HAB GERADE NICHTS ZU TUN.
Dreamer alias Nia Hal. Halb Mensch, halb Naltorianerin. Hat Vorahnungen, kann das Dreaming in Energiestöße und andere Waffen leiten.
MACH DIR KEINE SORGEN, SUPERGIRL. ICH HAB DAS TOTAL IM GRIFF. DAS SIND NUR EIN PAAR VANDALEN, KEINE GROSSE SACHE.
ABER WENN DU DICH BEEILST, KANNST DU EINEN BANKÜBERFALL VEREITELN, DER GLEICH BEGINNT. HAB ICH BEI MEINEM MITTAGSSCHLAF GESEHEN.
OOH, DU BIST SO GUT ZU MIR! SCHON DABEI. GRÜSS BRAINY VON MIR!
VANDALEN ... DER WAR GUT, NIA ...
NUN, WAS KARA NICHT WEISS, TUT IHR NICHT WEH.

ALSO GUT. ES BRENNT NICHTS, UND ICH HÖRE KEINE SCHREIE ... SCHON MAL EIN GUTER ANFANG.
OH, WAS ZUM TEUFEL--
GENTLEMEN, DIE MENSCHHEIT IST WIE IMMER IN EINE ABSTOSSENDE IMITATION VON ALLEM, WAS SEIN SOLLTE, VERSUNKEN.
DIESE STADT HAT SICH WIE SO VIELE ZUVOR ALS HOFFNUNGSLOS ERWIESEN. UND WIE EIN KRANKER AST MUSS SIE GESTUTZT WERDEN, UM DEN BAUM ZU RETTEN.
BRINGT DEN AUSLÖSER!
HIERMIT, MEINE FREUNDE, SIND WIR DEM TRAUM DER LEAGUE OF SHADOWS, DAS GLEICHGEWICHT WIEDERHERZUSTELLEN, EINEN SCHRITT NÄHER--
UFF!
KRASH
KLEINE LEBENSWEISHEIT ...

... TRÄUME WERDEN NICHT IMMER WAHR.

VERZEI-HUNG!
THUNK
MUSS MAL DURCH!
LEG DA EIS DRAUF.
HOLT DEN FLAKON!
KRAK
BZZ BZZZ
HEY, BRAINY. WAS GIBT'S?
HALLO, NIA, WOLLTE NUR HÖREN, WIE DEINE PATROUILLE LÄUFT UND OB DU AUF DEM HEIMWEG BIST.
DAS IST SÜSS! BIN BEIM LETZTEN STOPP. GRÜSSE VON SUPER-GIRL!
GRÜSS SIE ZURÜCK. BIST DU IN DEM GEBÄUDE AUS DEINER VISION? WEISST DU JETZT MEHR?
Brainiac-5 alias Querl Dox. Coluaner. Intelligenz 12. Ebene. Hübsches Gesicht.
ÄH ... JA! DIE LEAGUE OF SHADOWS SAGT „HI" ...
DIE LEAGUE OF SHADOWS? BIST DU OKAY?
MIR GEHT'S GUT, BRAINY ... ABER ICH KRIEG LANGSAM HUNGER.
ALLES KLAR. WAS „FÜHLST" DU DENN FÜR HEUTE?
ICH HABE EIN ZIEMLICH HARTNÄCKIGES VERLANGEN NACH DEM HÄHNCHEN-PARMIGIANA DIESES JAHRHUNDERTS, SEIT DU ES MICH HAST PROBIEREN LASSEN.
ICH LIEBE ITALIENI--
PASSEN SIE AUF, MISS NAL!
WHAM

BRAINY, ICH MUSS DICH ZURÜCK-RUFEN.
WOHER KENNST DU MICH?
GIB AUF DICH ACHT. DU PACKST DAS.
ICH KENNE ALLE MÖCHTEGERN-HELDEN IN DEN STÄDTEN, DIE WIR SÄUBERN ...
ICH KENNE DEINE KRÄFTE, DEINE FREUNDE UND ...
... DEINE SCHWESTER.
BRINGEN WIR'S HINTER UNS ...
... ICH HAB NOCH EIN DATE.
FWOOOSH
KEINS DEINER SPIELZEUGE KANN DIESE STADT RETTEN!

DIE MENSCHHEIT IST AM ABGRUND. SIE BRAUCHT EINE SÄUBE-RUNG!
SPLOOOSH
WIE BEI THE PURGE? DAS IST KEINE TV-SERIE, MANN!
NOCH LACHST DU, ABER DAMIT IST SCHLUSS, WENN UNSER CYANOTOXIN IN DIE WASSERVERSORGUNG GELANGT!
DU KANNST DEINE FREUNDE VON DER LAST BEFREIEN, DIE ZUKUNFT ZU KENNEN, ABER VOR IHR SELBST GIBT ES KEINE RETTUNG!
FZZZTT
SIE WERDEN MIT ALLEN ANDEREN IN DIESER STADT STERBEN!
WAS?!
SÜSSE TRÄUME.

VVRRZZZ ZZZ
KRASH
HFF DU KANNST DEINEN FREUNDEN NICHT EWIG DIE WAHRHEIT VORENTHALTEN.
DIE SÄUBERUNG WIRD NICHT MIT UNS ENDEN. SIE WIRD MEHR SCHICKEN. NATIONAL CITY HFF WIRD FALLEN.
ES GIBT SO VIEL, DAS HFF DU NICHT WEISST. DU HAST ... KEINE AHNUNG ... WAS KOMMT--
NUN, DAS KANNST DU MIR ALLES ERZÄHLEN ...
... WENN DU AUFWACHST.
flik
HEY, BRAINY, BIN AUF DEM WEG. KRISE ABGEWENDET.
WIEDER SEHR GUTE ARBEIT!
WIRST DU'S SUPERGIRL SAGEN?
NEIN.
DAS MUSS SIE NICHT WISSEN.
FREIHEIT IST UNBEZAHLBAR.

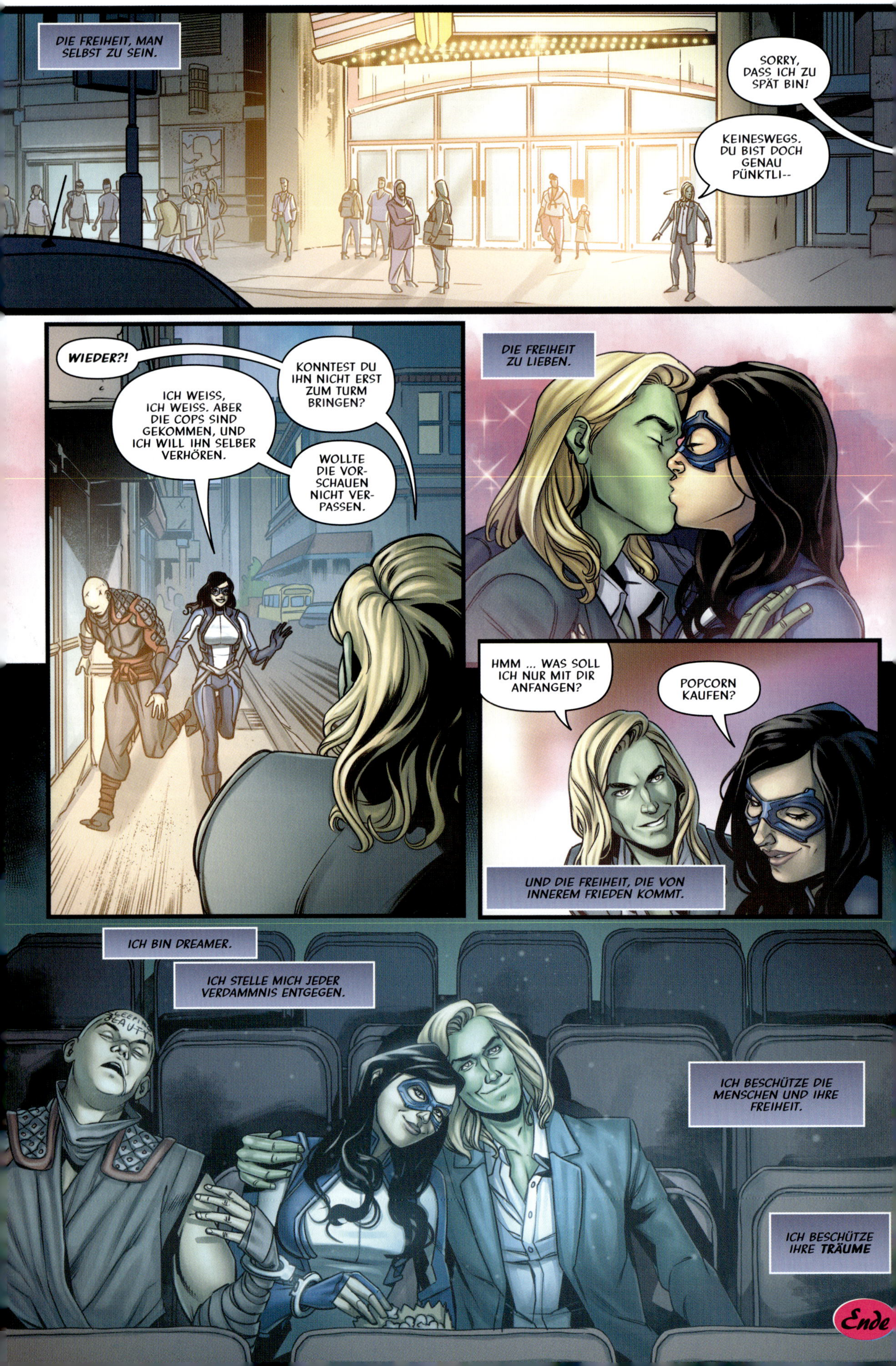
DIE FREIHEIT, MAN SELBST ZU SEIN.
SORRY, DASS ICH ZU SPÄT BIN!
KEINESWEGS. DU BIST DOCH GENAU PÜNKTLI--
WIEDER?!
ICH WEISS, ICH WEISS. ABER DIE COPS SIND GEKOMMEN, UND ICH WILL IHN SELBER VERHÖREN.
KONNTEST DU IHN NICHT ERST ZUM TURM BRINGEN?
WOLLTE DIE VORSCHAUEN NICHT VERPASSEN.
DIE FREIHEIT ZU LIEBEN.
HMM ... WAS SOLL ICH NUR MIT DIR ANFANGEN?
POPCORN KAUFEN?
UND DIE FREIHEIT, DIE VON INNEREM FRIEDEN KOMMT.
ICH BIN DREAMER.
ICH STELLE MICH JEDER VERDAMMNIS ENTGEGEN.
ICH BESCHÜTZE DIE MENSCHEN UND IHRE FREIHEIT.
ICH BESCHÜTZE IHRE TRÄUME
Ende

MONSIEUR MALLAH UND BRAIN IN

ICH SEHE DICH

Visibility
Young Monsters in Love 1

STEVE ORLANDO
Story

NIC KLEIN
Zeichnungen & Farben

HIER IST ADBP14 MIT EINER SONDERMELDUNG: EIN LEXCORP-TECH-ZENTRUM IST SCHAUPLATZ EINER GEISELNAHME ...
... WO NACH EINER HEFTIGEN SCHLACHT AM MORGEN DIE SCU DEN FLÜCHTIGEN GORILLA NAMENS **MALLAH** IM ERDGESCHOSS DES GEBÄUDES FESTGENAGELT HAT UND VERSUCHT--
HÖRT ZU! ICH HAB GEISELN, WAFFEN UND BIN **NATÜRLICHER AUSLESE** NICHT ABGENEIGT! ES GIBT NUR **EINE** FORDERUNG ...
LEXCORP
LASST UNS IN RUHE!
VERGISS DIESE FANTASIE, MALLAH. WIR SIND DIESEN NARREN EGAL.
SIE WERDEN DIESE SOLDATEN NICHT OPFERN, BRAIN. ICH **VERSPRECHE**, BALD ...
... IST ES SO WEIT.

MALLAH? MONSIEUR MALLAH?
WER-- WER WAGT ES?! ICH TÖTE DIESE NACKTEN AFFEN!
IHR SOLLT UNS IN RUHE LASSEN!
IST ... IST OKAY. ICH BIN UNBEWAFFNET. MEIN NAME IST CAPTAIN MAGGIE SAWYER.
ICH BIN DURCH DEN KELLER GEKOMMEN. ICH BIN VON DER POLIZEI, ABER ICH BIN KEINE GEFAHR ... NOCH NICHT.
SIE GEHÖRT ZU IHNEN, MALLAH. SIE WILL UNS AUFHALTEN, DAS IST IHR JOB ... TÖTE SIE. TU ES. JETZT!
WARTE ... DIE MEISTEN MENSCHEN STINKEN NACH ANGST. ABER SIE GIBT ALL DIE RICHTIGEN PHEROMONE AB ...
ICH MUSS EINEN DISKURS VERSUCHEN.
B-BLEIB ZURÜCK, FRAU, ODER ICH VERSENKE DIR IN BEIDEN AUGEN EINE KUGEL!

KUGELN SIND NICHT NÖTIG. DARUM BIN ICH HIE--
BLEIB STEHEN! ICH SCHIESS DIR DEN KOPF WEG, BÂTARD!
ICH BIN IN EINER MIESEN POSITION, MALLAH. ICH KANN NICHT ZULASSEN, DASS DEN GEISELN ETWAS ZUSTÖSST, ABER ICH WILL AUCH NICHT, DASS DIR ETWAS ZUSTÖSST.
UNMÖGLICH! WORAUF WARTEST DU? ZERQUETSCH DAS FRECHE DING!
UND DANN WAS? TÖTE MICH, UND DIE SCU GREIFT AN. DU BIST NICHT KUGELFEST, ALSO STIRBST AUCH DU ... UND BRAIN VIELLEICHT EBENFALLS.
HÖR NICHT AUF IHN. HÖR AUF JEMANDEN, DER NOCH EIN HERZ HAT. VIELLEICHT KANN ICH HELFEN.
ER HAT EIN HERZ ... ICH HAB'S GEFUNDEN.
ABER SPRICH, VERDAMMT. UND BEDECK DEINEN MUND. DEINE KLEINEN ZÄHNE SIND SCHEUSSLICH.
ICH WOLLTE DIESEN FALL NICHT. JEMAND ANDERES SOLLTE HIER SEIN.
ABER ALS ICH DIE VERZWEIFLUNG IN DEINER STIMME HÖRTE ...
... BIN ICH GEKOMMEN. DIES IST NICHT NUR EIN ÜBERFALL.
WARUM TUST DU DAS WIRKLICH, MALLAH?

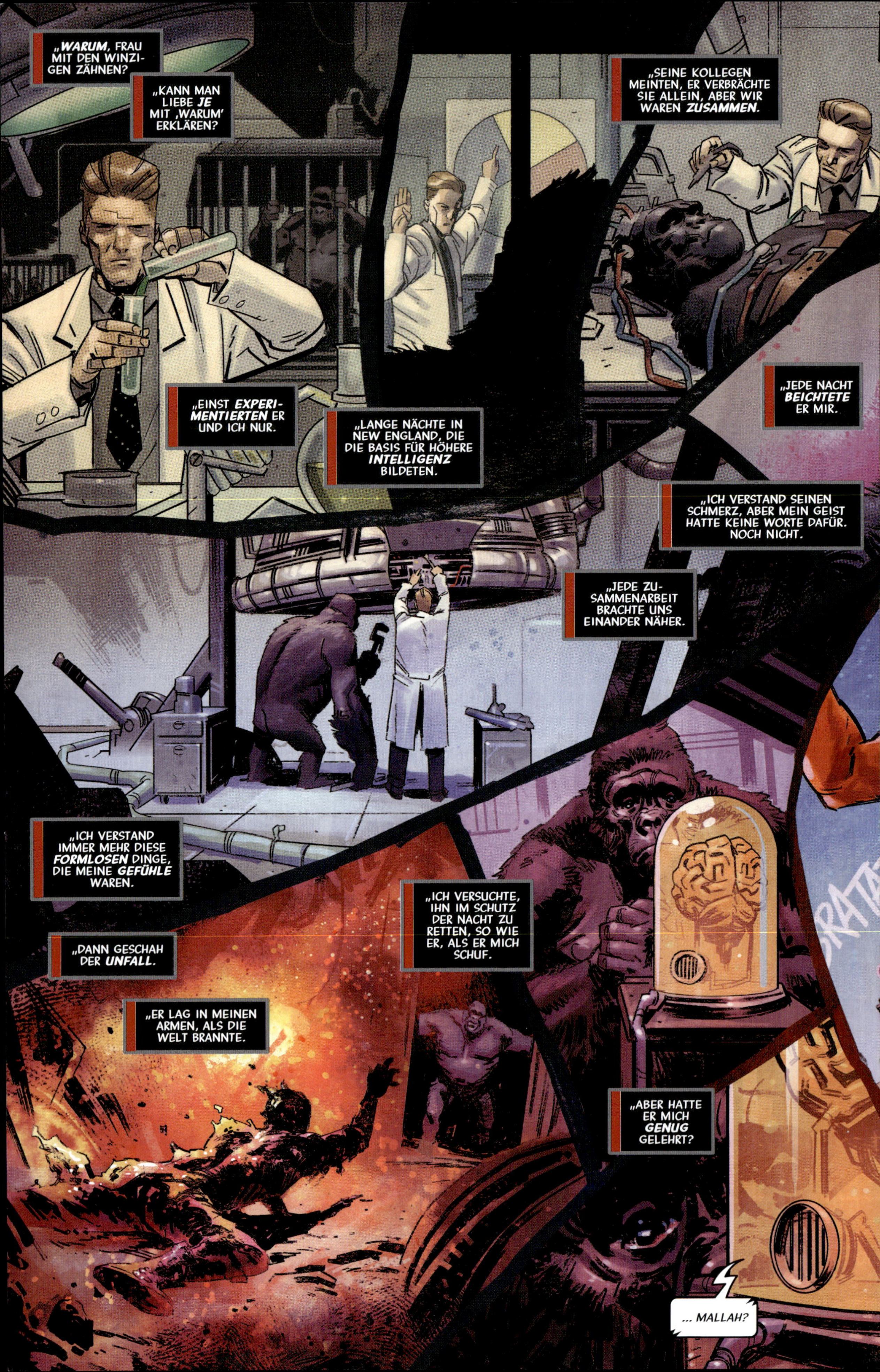
„WARUM, FRAU MIT DEN WINZIGEN ZÄHNEN?
„KANN MAN LIEBE JE MIT ‚WARUM' ERKLÄREN?
„SEINE KOLLEGEN MEINTEN, ER VERBRÄCHTE SIE ALLEIN, ABER WIR WAREN ZUSAMMEN.
„EINST EXPERIMENTIERTEN ER UND ICH NUR.
„LANGE NÄCHTE IN NEW ENGLAND, DIE DIE BASIS FÜR HÖHERE INTELLIGENZ BILDETEN.
„JEDE NACHT BEICHTETE ER MIR.
„ICH VERSTAND SEINEN SCHMERZ, ABER MEIN GEIST HATTE KEINE WORTE DAFÜR. NOCH NICHT.
„JEDE ZUSAMMENARBEIT BRACHTE UNS EINANDER NÄHER.
„ICH VERSTAND IMMER MEHR DIESE FORMLOSEN DINGE, DIE MEINE GEFÜHLE WAREN.
„DANN GESCHAH DER UNFALL.
„ER LAG IN MEINEN ARMEN, ALS DIE WELT BRANNTE.
„ICH VERSUCHTE, IHN IM SCHUTZ DER NACHT ZU RETTEN, SO WIE ER, ALS ER MICH SCHUF.
„ABER HATTE ER MICH GENUG GELEHRT?
... MALLAH?

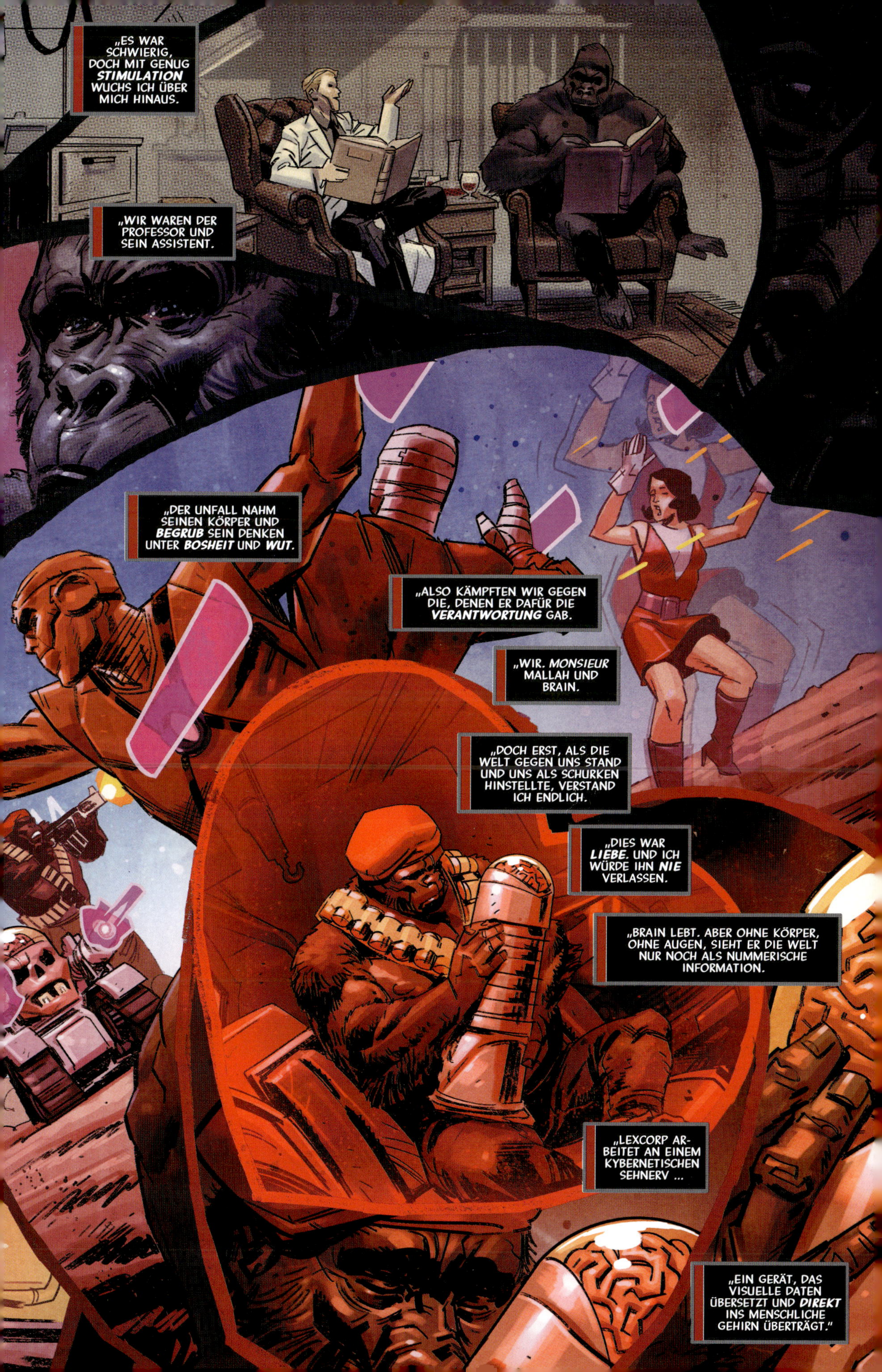
„ES WAR SCHWIERIG, DOCH MIT GENUG STIMULATION WUCHS ICH ÜBER MICH HINAUS.
„WIR WAREN DER PROFESSOR UND SEIN ASSISTENT.
„DER UNFALL NAHM SEINEN KÖRPER UND BEGRUB SEIN DENKEN UNTER BOSHEIT UND WUT.
„ALSO KÄMPFTEN WIR GEGEN DIE, DENEN ER DAFÜR DIE VERANTWORTUNG GAB.
„WIR. MONSIEUR MALLAH UND BRAIN.
„DOCH ERST, ALS DIE WELT GEGEN UNS STAND UND UNS ALS SCHURKEN HINSTELLTE, VERSTAND ICH ENDLICH.
„DIES WAR LIEBE. UND ICH WÜRDE IHN NIE VERLASSEN.
„BRAIN LEBT. ABER OHNE KÖRPER, OHNE AUGEN, SIEHT ER DIE WELT NUR NOCH ALS NUMMERISCHE INFORMATION.
„LEXCORP ARBEITET AN EINEM KYBERNETISCHEN SEHNERV ...
„EIN GERÄT, DAS VISUELLE DATEN ÜBERSETZT UND DIREKT INS MENSCHLICHE GEHIRN ÜBERTRÄGT."

STILL, MALLAH! MENSCHEN WIE SIE UND DIESER VERDAMMTE CAULDER SIND UNSERER NICHT WÜRDIG!
BRAIN IST NICHT MEHR DERSELBE, SEIT SEINE KOLLEGEN SEINEN KÖRPER ZERSTÖRT HABEN. MENSCHEN VERTRAUT ER NICHT MEHR.
ABER ICH BIN KEIN MENSCH.
SIE ... WIRD UNS VERRATEN, MALLAH! GARANTIERT!
HEUTE VOR EINIGEN JAHREN IST MEINE INTELLIGENZ ERWACHT, CAPTAIN SAWYER ... ES IST UNSER JUBILÄUM, UND ICH ...
... ICH WÜNSCHE MIR, DASS WIR EINANDER WIEDERSEHEN, WENN AUCH NUR KURZ.
MALLAH, DAS ... DAS IST WUNDERSCHÖN. ICH HATTE JA KEINE AH--
TÖTE SIE, MALLAH!
ES TUT MIR LEID, WAS EUCH WIDERFAHREN IST ...

ICH KANN EUCH NICHT GEHEN LASSEN. IHR HABT DIESE LEUTE VERLETZT. ABER ES GIBT DENNOCH EINE WAHL ...
BLEIB HIER, UND DU WIRST DIESE TECHNOLOGIE NIE BEKOMMEN. ODER LASS DIE GEISELN FREI UND FOLGE MIR ... DEINE WAHL.
SIEH MICH AN. ICH LÜGE NICHT.
WIR-- ICH NEHME IHRE HILFE NICHT AN, MALLAH. GANZ GLEICH, WORUM ES GEHT.
ICH ...
GUT.
DIE KLEINZAHNIGEN IDIOTEN SIND FREI.
KOMM MIT ...
„... WIR HABEN NICHT VIEL ZEIT."
IST ... IST ES AN? F-FUNKTIONIERT ES, BRAIN?
EINEN MOMENT, MALLAH!
DIE ÜBERTRAGUNG NEURO-VISUELLER DATENSTRÖME IST NICHT SO EINFACH.
ABER ... ICH ...

... ICH SEHE DICH, LIEBSTER ... ENDLICH SEHE ICH DICH ...
LOS! SCHALTET SIE AUS!
... UND DU BIST WUNDERSCHÖN.
ENDE

CRUSH IN

GECRUSHED

Crushed
Mysteries of Love in Space 1

ANDREA SHEA
Story

AMANCAY NAHUELPAN
Zeichnungen

TRISH MULVIHILL
Farben

DIE GRUBE
PORTLAND, OREGON
AY-AN-A!
AY-AN-A!
AY-AN-A!
AY-AN-A!
KRAKK
UND DER SIEGER DES HEUTIGEN KAMPFES ...
... DIE UN-GESCHLAGENE KÖNIGIN DES RINGS ...
AYANAAAAAAA!

DU BIST SO KRASS, SCHÄTZCHEN. 24 KARAT **KILLERINSTINKT**, UND ICH **LIEBE** ES.
WIR MÜSSEN DEINEN NÄCHSTEN KAMPF ANMELDEN. JEDE KEHLE IM SAAL HAT SICH HEUTE MIT **DEINEM NAMEN** BLUTIG GEBRÜLLT--
CRUSH! DU BIST ZURÜCK!
HAB DICH LETZTE NACHT NICHT GESEHEN UND BEFÜRCHTET, DU HAST EINE NEUE LIEBLINGS-KÄMPFERIN.
ICH **KONNTE** NICHT. MEIN BLÖDER BOSS HAT MIR 'NE SCHICHT AUFGEBRUMMT.
UND ES WAR SCHWER GENUG, EIN CAFÉ ZU FINDEN, DAS MICH SCHWARZ BEZAHLT, DAHER--
HEY, GANZ RUHIG.
HAB NUR MEINEN GLÜCKSBRINGER VERMISST, DAS IST ALLES.
DEINEN--?
ICH HAB JEDEN KAMPF GEWONNEN, SEIT DU HIERHERKOMMST.
DU BIST LÄNGER UN-GESCHLAGEN, ALS ICH IN PORTLAND BIN.
KLAR.
ABER ES IST ANDERS, WENN DU HIER BIST.
AYANA. SCHÄTZCHEN. ICH GEB DIR 'NEN GUTEN RAT.
DU BIST DER JÜNGSTE UNGESCHLA-GENE CHAMPION IN DER GESCHICHTE DER GRUBE. VERGEUDE NICHT DEINE ZEIT DAMIT, MIT SOLCHEM ABSCHAUM ZU FLIRTEN.
AB-SCHAUM, TREY?
IHR NAME IST **CRUSH** ...
... UND JETZT FEIERN WIR ZUSAMMEN MEINEN SIEG, DU **KRÖTE**.
ÄH, OKAY, UNERWAR-TET.
WOHIN GEHEN--
ZUM BESTEN ORT IN PORTLAND.

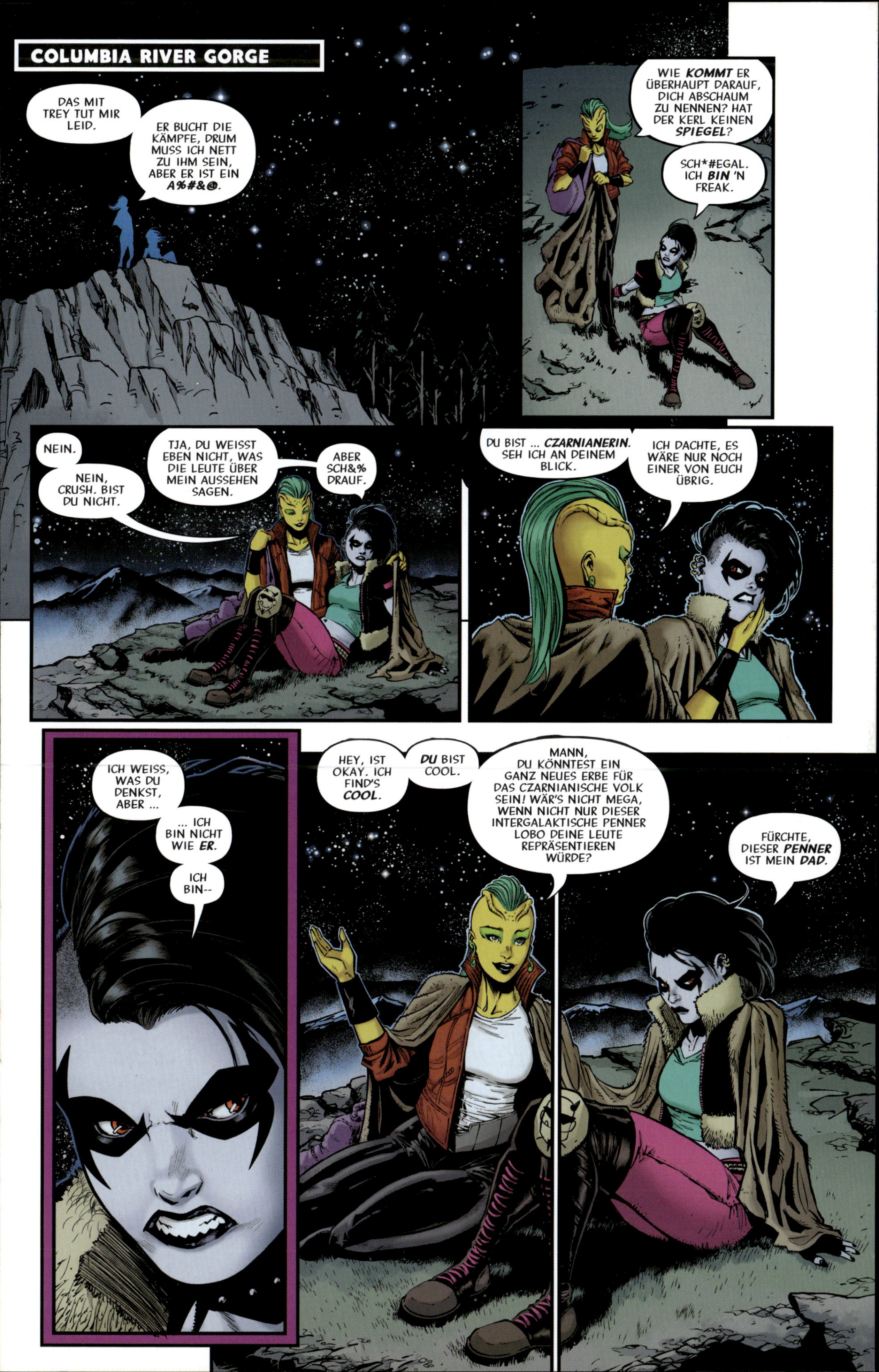
COLUMBIA RIVER GORGE
DAS MIT TREY TUT MIR LEID.
ER BUCHT DIE KÄMPFE, DRUM MUSS ICH NETT ZU IHM SEIN, ABER ER IST EIN A%#&@.
WIE KOMMT ER ÜBERHAUPT DARAUF, DICH ABSCHAUM ZU NENNEN? HAT DER KERL KEINEN SPIEGEL?
SCH*#EGAL. ICH BIN 'N FREAK.
NEIN.
NEIN, CRUSH. BIST DU NICHT.
TJA, DU WEISST EBEN NICHT, WAS DIE LEUTE ÜBER MEIN AUSSEHEN SAGEN.
ABER SCH&% DRAUF.
DU BIST ... CZARNIANERIN. SEH ICH AN DEINEM BLICK.
ICH DACHTE, ES WÄRE NUR NOCH EINER VON EUCH ÜBRIG.
ICH WEISS, WAS DU DENKST, ABER ...
... ICH BIN NICHT WIE ER.
ICH BIN--
HEY, IST OKAY. ICH FIND'S COOL.
DU BIST COOL.
MANN, DU KÖNNTEST EIN GANZ NEUES ERBE FÜR DAS CZARNIANISCHE VOLK SEIN! WÄR'S NICHT MEGA, WENN NICHT NUR DIESER INTERGALAKTISCHE PENNER LOBO DEINE LEUTE REPRÄSENTIEREN WÜRDE?
FÜRCHTE, DIESER PENNER IST MEIN DAD.

OH. ÄH.
WARST ... DU JEMALS DA OBEN? IM WELTRAUM, MEIN ICH?
KANN MICH KAUM DRAN ERINNERN. BIN ZIEMLICH FRÜH AUF DER ERDE GELANDET.
WILLST DU IRGENDWANN ZURÜCK?
ICH GLAUB, ICH GEHÖRE DORTHIN.
SIEH MICH AN.
DU GEHÖRST GENAUSO HIERHER WIE ICH ODER JEDER ANDERE DUMME MENSCH AUF DIESEM GROSSEN, DUMMEN PLANETEN.
SAGST DU SO LEICHT. DU BIST WUNDERSCHÖN.
JEDE NACHT JUBELN SIE DIR IN DER GRUBE ZU.
... WUSSTEST DU, DASS ICH VOR EIN PAAR JAHREN, ALS ICH IN DER GRUBE ANFING, DIE SCHURKIN WAR?
DAMALS WAREN ES MEIST METAWESEN-KÄMPFE, UND ICH WAR DIE BÖSE AUSSERIRDISCHE, DIE ALLE ZERSCHMETTERT IM DRECK SEHEN WOLLTEN.
DOCH ICH GEWANN. IMMER WIEDER.
UND JETZT IST ES BESSER?
NA JA, BIS ...
... ICH MAL VERLIERE.
DANN BIN ICH WIEDER DER VERHASSTE ALIEN-ABSCHAUM.

UNMÖGLICH. DU BIST UNSCHLAGBAR!
SELBST WENN DU VERLIEREN WÜRDEST, WÄRST DU NOCH DIE BESTE KÄMPFERIN, DIE ICH KENNE.
GLAUBEN DIE, NUR WEIL DU ANDERS AUSSIEHST, LÄSST DU DIR EINFACH DIE ZÄHNE EINSCHLAGEN?
DU BIST DAS COOLSTE, HÜBSCHESTE UND ABGEBRÜHTESTE MÄDCHEN, DAS ...
... ICH JEMALS ...
DU WARST LANGE ZEIT ALLEIN, NICHT WAHR, CRUSH?
ÄH ...
CHK
AHH!

GANZ RUHIG.
DIE NADEL IST MIT EINEM BETÄUBUNGSMITTEL UMGEBEN. DU WIRST NICHTS SPÜREN.
HAB'S VON STAR-LABS GEKLAUT, IST ALSO ECHTE QUALITÄT. DIE NADEL KÖNNTE SOGAR DIE HAUT EINES KRYPTONIERS DURCHDRINGEN.
ICH MAG DICH WIRKLICH, CRUSH.
ABER ICH MUSS WEITERHIN GEWINNEN. UND DAS ... NA JA, DAMIT HILFST DU MIR DABEI.
DAS VERSTEHST DU, ODER? ZUMINDEST EIN WENIG? WÜRDEN SIE DICH ENDLICH AKZEPTIEREN ... DICH LIEBEN ... WÜRDEST DU NICHT AUCH ...
... ALLES TUN, DAMIT ES SO BLEIBT?
ÜBER DIE JAHRE IST ES ZIEMLICH EINFACH GEWORDEN, ALIEN-STREUNER ZU FINDEN, DIE KEINER VERMISST, UM SIE AUSBLUTEN ZU LASSEN ...
... ABER DU WARST ANDERS.
DU WARST DER BESTE GLÜCKSBRINGER, DEN ICH JE HATTE.

„SIEH MICH AN, CRUSH ...
„DU GEHÖRST GENAUSO HIERHER WIE ICH ...
„... ODER JEDER ANDERE DUMME MENSCH AUF DIESEM DUMMEN PLANETEN."
HURRGGGGHHH--!

DIE GRUBE
NH.
UND ALS NÄCHSTES: EIN NEUER HERAUSFOR-DERER!
BITTE BEGRÜSST DAS PYROTECHNIK-WUNDER **MIKEY BOYYYYYY**.
ABER NICHT NUR MIKEY LEGT EINEN **HEISSEN AUFTRITT** HIN!
HIER UNSER LIEBLINGSMÄDEL, LEUTE ...
AYANAAAAAAAA!
AY-AN-A! AY-AN-A! AY-AN-A!
ABER WAS-- JEMAND KLETTERT DEN KÄFIG HOCH ...
DU MAGST MEIN BLUT IN DEN VENEN HABEN, ***AYANA*** ...

... ABER ICH BIN DAS VERFRÄGGTE ORIGINAL!
KABOOM
WILLST DU WAS, BLONDIE?!
NOPE!
DU HAST GEWONNEN!
ABER, ÄH--
DER.
RING.
IST.
MEIN!
ICH WAR NETT ZU DIR, CZARNIANISCHE RATTE.
HRK!
ICH BRAUCH KEINE NETTIGKEIT VON DIR, NUR MICH SELBST.
LEGT EUCH MIT CRUSH AN ...
... UND IHR WERDET ...
GE-CRUSHED!

CRUSH!
CRUSH!
CRUSH!
CRUS
CRUSH!
CRUSH!
RUSH!
CRUSH!
CRUSH!
CRUSH!
CRUSH!
CRUSH!
DAS WAR **SENSATIONELL**, SCHÄTZCHEN.
DU WARST SENSATIONELL. HÖR DIR DIE ***LEUTE*** AN!
HAST DU INTERESSE, DEINEN SIEG ZU VERTEIDIGEN?
ICH KÖNNTE DICH UND DEINE ***FÄUSTE DES ZORNS*** ZUM NEUEN STAR DER GRUBE MACHEN.
ICH HAB EIN AUGE FÜR TALENTE. HAB WIE-HIESS-SIE-NOCH AUCH AUS DER GOSSE GEZOGEN.
ABER GEGEN DICH IST SIE ***NICHTS***. DU BIST ... WAS, 18?
15.
PRAKTISCH 18! DU KÖNNTEST 'NE MENGE ***KOHLE*** IN DIESEM RING MACHEN ... DIE KANNST DU SICHER GUT GEBRAUCHE--
UNF!
ICH KOMM MORGEN WIEDER.
FIND JEMAND GUTES ZUM SCHRED-DERN.
ENDE

HARLEY QUINN UND RENEE MONTOYA IN

EIN KLEINER WEIHNACHTSBAUM

Little Christmas Tree
New Year's Evil 1

VITA AYALA
Story

ELENA CASAGRANDE
Zeichnungen

JORDIE BELLAIRE
Farben

GOTHAM CITY POLICE DEPARTMENT
DU HAST SEIT DREI STUNDEN FEIERABEND, MONTOYA.
WÜRD ICH DAS NICHT BEARBEITEN, SÄSS SIE DAS GANZE WOCHENENDE HIER.
UND? DAS HAT DIESE GAUNERIN DOCH VERDIENT.
HEY!
SIE IST UNSCHULDIG. ABER AUCH SONST VERDIENT SIE EIN FAIRES VERFAHREN.
WIE SCHÖN.
JA, GELL?
BLAAAAAH!
ICH WERD FÜR ÜBERSTUNDEN NICHT BEZAHLT, QUINN. LASS ES MICH NICHT BEREUEN.
JETZT GEH BITTE, DAMIT ICH IN MEINE NETTE, STILLE, LEERE WOHNUNG KANN, WO ICH DIE NÄCHSTEN ZWEI TAGE IM SCHLAFANZUG RUMHÄNGE.
ALLEIN? ABER ES IST WEIHNACHTEN.
DAS HEISST NICHTS, WENN MAN MIT SEINEM JOB VERHEIRATET IST.
BITTE HALT DICH VON ÄRGER FERN.
OH NEIN, DETECTIVE.
ICH HAB WAS WIEDERGUTZUMACHEN.
POLICE

BITTE VORSICHT. TÜREN SCHLIESSEN.
OH GOTT, DAS IST SIE!
LAUFT!
HARLEY! WAS ZUM TEUFEL TUST DU DA?
SIE HABEN SO DEPRIMIERT GEGUCKT, DETECTIVE! BEREIT FÜR ETWAS WEIHNACHTS-STIMMUNG?

6601
OOOOCH,
WARTE.
≠SEUFZ≠
HÖR AUF, DRÜBER NACHZUDENKEN, RENEE. KATE KOMMT NICHT ZURÜCK.
HOHOHO!
≠SCHNAUF≠ ≠SCHNAUF≠
WAS BEDRÜCKT DICH DENN, ≠JAPS≠ JUNGE DAME?

KEUCH KEUCH KEUCH
GIB SANTA QUINN 'NE SEKUNDE. DANN KANNST DU AUF IHREM SCHOSS SITZEN UND IHR ALLES ERZÄHLEN.
QUINN, WAS ZUM--
DAS IST ETWAS
ZEITKRITISCH.
KÖNNEN WIR NACH DEM AUSPACKEN PLAUDERN?
ICH MÖCHTE, DASS SICH DIE VOLLE WUCHT ENTFALTET.
IN DECKUNG!
WAS IN ALLER WELT?!
WENN DU LAKTOSE-INTOLERANT BIST, SAG'S DOCH.

DU HAST WUCHT GESAGT, UND ICH DACHTE-- WEISS NICHT-- DASS ES EINE BOMBE ODER SO WAS IST?
WAS? ICH WOLLT IHNEN ALS DANKESCHÖN ETWAS WEIHNACHTSSTIMMUNG SCHENKEN-- WAS HÄTTE ES DA FÜR 'NEN SINN, SIE HOCHZUJAGEN?!
T-TUT MIR LEID, QUINN.
GEWALTIGE VERTRAUENS-PROBLEME, WAS?
DAS WURDE MIR SCHON ÖFTER GESAGT, JA.
IST DAS EIN LÄCHELN? SIE LÄCHELN, MADAME!
HALT! SIE SIND EIN GUTER MENSCH, DETECTIVE. UND NIEMAND SOLLTE UM DIESE ZEIT ALLEIN SEIN.
ICH BENEHM MICH AUCH, VERSPROCHEN.
HÖR ZU, ICH WEISS DIE GESTE ZU SCHÄTZEN, ABER ICH BIN NICHT IN DER LAUNE, AUFGEMUNTERT ZU WERDEN.
MAG MIES SEIN, ABER ICH WILL'S SO.
DAS IST MIES.
EIN ASS IM ÄRMEL HAB ICH NOCH ...

SCHATZ, BIN **ZU HAUSE**.
Komm aufs Dach.
GROAN
ICH BRAUCH 'NE BESSERE ALARMANLAGE ODER MUSS UMZIEHEN ...
KEINE SORGE, ICH BLEIB NICHT.
SETZ DICH TROTZDEM.
WARUM TUST DU DAS, QUINN? **WIRKLICH.**
AUS **DANK,**
WEIL SIE MICH HEUTE RAUSGEHAUEN HABEN.
DAS IST MEIN **JOB**.
OH **BITTE!**
SIE HABEN SELBST GESAGT, DASS SIE FÜR DIE DREI ÜBERSTUNDEN HEUTE NICHT BEZAHLT WERDEN. JEDER ANDERE HÄTTE MICH BIS MONTAG IN DER ZELLE VERROTTEN LASSEN, ABER SIE NICHT.
SIE LEGEN WERT DARAUF, DASS **KRIMINELLE** UNTER IHRER AUFSICHT NICHT MISSHANDELT WERDEN.
SIE HELFEN JEDEN TAG LEUTEN, LASSEN ABER NIEMANDEN NAH GENUG AN SICH RAN: WER HILFT **IHNEN?**
NICHT MEHR SEIT DEM HÜBSCHEN ROTSCHOPF AUF DEN FOTOS IN IHREM WOHNUNGSFLUR.
JEDER VERDIENT, DASS SICH JEMAND UM IHN KÜMMERT, UND DAS HABEN SIE GERADE NICHT.
STALKST DU MICH ETWA? DENN DU STOCHERST GERADE IN MEINER SCHMUTZIGEN WÄSCHE RUM, UND DAS MACHT MICH NERVÖS.
QUATSCH.
ALLE VERGESSEN IMMER, DASS ICH PSYCHOTHERAPEUTIN BIN.

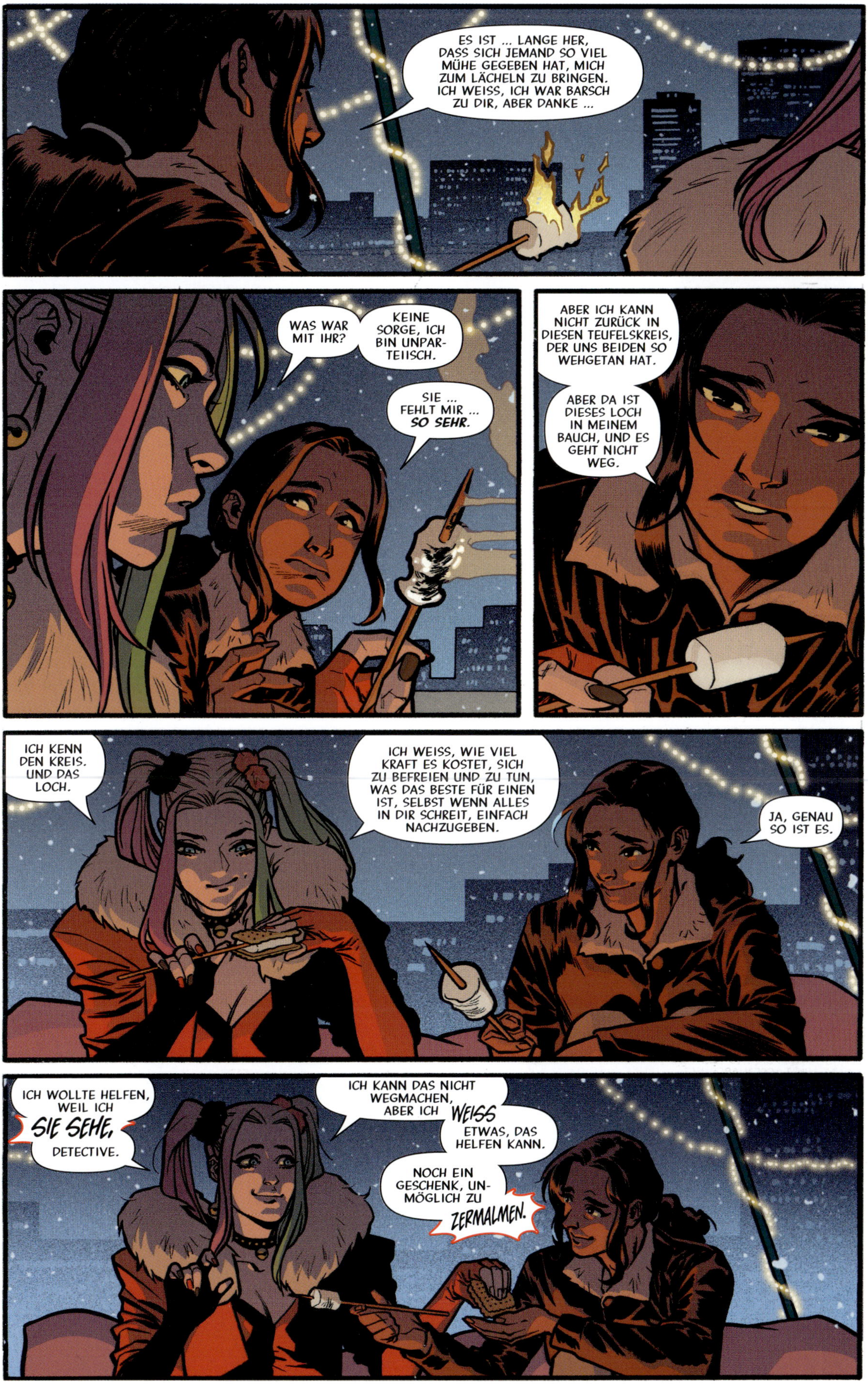
ES IST ... LANGE HER, DASS SICH JEMAND SO VIEL MÜHE GEGEBEN HAT, MICH ZUM LÄCHELN ZU BRINGEN. ICH WEISS, ICH WAR BARSCH ZU DIR, ABER DANKE ...
WAS WAR MIT IHR?
KEINE SORGE, ICH BIN UNPARTEIISCH.
SIE ... FEHLT MIR ... SO SEHR.
ABER ICH KANN NICHT ZURÜCK IN DIESEN TEUFELSKREIS, DER UNS BEIDEN SO WEHGETAN HAT.
ABER DA IST DIESES LOCH IN MEINEM BAUCH, UND ES GEHT NICHT WEG.
ICH KENN DEN KREIS. UND DAS LOCH.
ICH WEISS, WIE VIEL KRAFT ES KOSTET, SICH ZU BEFREIEN UND ZU TUN, WAS DAS BESTE FÜR EINEN IST, SELBST WENN ALLES IN DIR SCHREIT, EINFACH NACHZUGEBEN.
JA, GENAU SO IST ES.
ICH WOLLTE HELFEN, WEIL ICH SIE SEHE, DETECTIVE.
ICH KANN DAS NICHT WEGMACHEN, ABER ICH WEISS ETWAS, DAS HELFEN KANN.
NOCH EIN GESCHENK, UNMÖGLICH ZU ZERMALMEN.

DAS LÄSST IHRE NACHT STRAHLEN.
ICH HOFFE, OHNE EXPLOSIONEN, HARLEEN.
WHOA ... OKAY, DAS IST ...
SAG NICHT, WIE DU'S GEMACHT HAST, DAMIT ICH ES GENIESSEN KANN.
ICH SCHWEIGE.
... UND BAU'S BIS MORGEN FRÜH AB.
JA, MA'AM!
OH, ICH, ÄH, TRINKE NICHT.
KEINE SORGE, DIESES SPRITZIGE, FAMILIENFREUNDLICHE GETRÄNK ENTHÄLT NULL ALKOHOL.
AUF DAS ENDE VON KREISEN, DETECTIVE.
DU KANNST MICH RENEE NENNEN, SOLANGE DU NICHT AKTIV AN KRIMINELLEM VERHALTEN BETEILIGT BIST.
FROHE WEIHNACHTEN, RENEE.
FROHE WEIHNACHTEN, HARLEY.
WAYNE TOWER

AQUALAD IN

LIEBESLEBEN

Love Life
DC Pride 1

ANDREW WHEELER
Story

LUCIANO VECCHIO
Zeichnungen

REX LOKUS
Farben

UNGLAUBLICH, DASS DU DICH AUSGERECHNET **HEUTE** ENDLICH MIT MIR TREFFEN WILLST, JACKSON.
JA, SORRY, SYL! RAVEN SAGTE, SIE VERHEXT MICH, WENN ICH DIR NOCH MAL ABSAGE. SIE MEINTE, DU KÖNNTEST MIR BEI MEINER ERSTEN PRIDE-PARADE DIE HAND HALTEN!
DAS MACH ICH SEHR GERN!
ABER BEI DIESEN WOLKEN KÖNNTE ES SEIN, DASS DIE PARADE INS WASSER FÄLLT.
IST DAS **ECHT** DEINE ERSTE? SUPERHELDEN **DÜRFEN** SPASS HABEN, ODER NICHT?
ICH KENN DIE REGELN NICHT! ICH BIN BEI **ALL** DEM NOCH NEU. GEOUTET SEIN. EIN HELD SEIN. ICH BIN WIE EIN FISCH AUSSERHALB DES WASSERS.
BIST DU EIN SUPERHELD, SYL? ODER WOHER KENNT RAVEN DICH?
NEIN, ICH STUDIERE MAGIE BEIM GROSSEN GREGORIO DE LA VEGA. ICH HAB NICHT DEN MUT, DA DRAUSSEN **JEDEN** TAG DEN TAG ZU RETTEN!
TJA, ES REGNET.

SORRY, DASS ICH DAS AUFGESCHOBEN HAB.
ICH HATTE WOHL MEINE ZWEIFEL. NICHT AN DIR. AN MIR SELBST.
WENN DIESES WETTER MEIN OUTFIT RUINIERT, DANN--
IN DER WELT GIBT ES SO VIEL UNGERECHTIGKEIT, UND WIR KÖNNEN NICHT ALLES RICHTEN. DRUM BIN ICH IMMER SO WÜTEND.
IM ERNST? DOCH NICHT HEUTE!
WENN ICH DIESE WUT NICHT IN ETWAS POSITIVES UMWANDELN KANN, WIE LEUTEN ZU HELFEN, ZERFRISST ES MEINE SEELE, UND ICH KÖNNTE SO EGOISTISCH UND GRAUSAM WERDEN WIE MEIN VATER--
JACKSON ...?
JACKSON!
EGAL, WEN ICH RETTE, EGAL, WAS ICH TUE, ES IST, ALS WÄR'S NIE GENUG ...
DAS GANZE JAHR IST VERFLUCHT!

WIR MÜSSEN AUS DEM REGEN RAUS!
ICH WILL ALLES WEG-WASCHEN.
WÜRDEN SIE MICH LIEBEN, WÄR'S NICHT SO ...
ICH WILL ES ERTRÄN-KEN.
ES IST JEDEN TAG DAS GLEICHE. WAS SOLL ICH NUR TUN?
WAS PASSIERT HIER, SYL? WARUM SIND ALLE SO?
ES IST DER REGEN, JACKSON! JEMAND HAT IHN VERFLUCHT, UND ER BRINGT JEDERMANNS ÄNGSTE UND WUT AN DIE OBER-FLÄCHE.
UND ICH WEISS, WER.
DUMME STERBLICHE. IHR DACHTET, DAS SEI EUER TAG?

DIESER TAG GEHÖRT ECLIPSO.
GERECHT-FERTIGTE WUT LAUERT UNTER EURER FREUDE.
ICH ERNÄHRE MICH VON EURER ABLEHNUNG, EURER ANGST. ICH ZIEHE MEINE KRAFT AUS EURER WUT UND WERDE SIE BENUTZEN, UM KRIEG GEGEN DIE GESAMTE SCHÖPFUNG ZU FÜHREN.
ICH BIN DER ZORN UND DIE WUT, UNGEBREMST VON GÖTTLICHKEIT ODER TUGEND.
GOTT LIEBT EUCH. ICH NICHT.
JACKSON, WIR MÜSSEN WEG! ECLIPSO IST ZU GEFÄHRLICH! DEN SCHAFFST DU NICHT!
ER DARF DIESE LEUTE NICHT AUS-SAUGEN!
DU PACKST DAS, JACKSON.
BISHER HAT DIR AUCH NIE-MAND DEN RÜCKEN GEDECKT. DAS MUSS JETZT AUCH NICHT SEIN. DU KANNST DAS.
ALSO ZEIG'S IHM!

WAS BIST DU? EIN „HELD"? SOLLTE ICH DICH **KENNEN**?
ICH BIN AQUALAD. MERK DIR DAS.
WOHL KAUM, DU **ERBÄRMLICHER**, KLEINER NIEMAND.
SELBST DEIN FREUND HAT DICH GERADE IM STICH GELASSEN.
BRAUCHT DICH NICHT ZU KÜMMERN, ECLIPSO. ICH KÄMPFE IMMER MEINE EIGENEN SCHLACHTEN.
ABER NOCH NIE GEGEN **MICH**.
ICH BIN DER DRACHE, DER DIE SONNE VERSCHLINGT. ICH BIN DIE GEISSEL DER WÄRME UND DES LICHTS.
ICH BIN DIE **FLUT**!
ICH ... **SCHAFF** ... DAS ...
NEIN, TUST DU NICHT. DU BIST **ALLEIN**. DU BIST **NICHTS**.
UND GLEICH **NOCH** WENIGER.

AAAAAGH!
SHOOOMF
HAST DIE FALSCHE PARTY VERDORBEN, ECLIPSO!
MEINE JLQ WIRD DICH ZURÜCK INS NICHTS SCHICKEN!
JLQ, GREGORIO? IM ERNST?
JACKSON! GEHT ES DIR GUT?

HNK!
THUNK
THWAK
UGH!
BRRRBRBRB
DU BIST ZURÜCK!
WOW, JACKSON! DU HAST DICH ECLIPSO GESTELLT!
MIT DEINEN KRÄFTEN UND MEINER MAGIE BRECHEN WIR ECLIPSOS ZAUBER.
DU MUSST DAS NICHT ALLEIN TUN.
MUSSTEST DU NIE.
HF!
WHOMP
VERFLUCHT!
SEID ALLE VERFLUUUUUUUUUU

OKAY, WIR MÜSSEN DIE TITANS UND DIE JLA KONTAKTIEREN, DAMIT ECLIPSO GARANTIERT NICHT MEHR ZURÜCKKOMMEN KA--
KEINE SORGE, JACKSON. GREGORIO MACHT DAS.
DU DARFST DEINEN SIEG GENIESSEN.
HIERFÜR KÄMPFEN WIR. DAS RECHT, IN DER WELT ZU SEIN. SICHTBAR UND OHNE ANGST.
ES WIRD SCHLECHTE TAGE GEBEN, DOCH WIR FÜHREN DEN KAMPF FÜR JEDEN WEITER, DER UNS FOLGT.
WIR FOLGEN DENEN, DIE FÜR UNS KÄMPFTEN, UND SCHULDEN ES IHNEN, AUS TAGEN WIE DIESEN DAS BESTE ZU MACHEN.
ABER WIR KÄMPFEN NICHT NUR.
WIR ZEIGEN UNSEREN STOLZ.
Ende

Zeichnung von **DAVID TALASKI**

Zeichnung von BRITTNEY WILLIAMS

Zeichnung von KEVIN WADA

Zeichnung von KRIS ANKA

Zeichnung von NICK ROBLES

Zeichnung von SOPHIE CAMPBELL

Zeichnung von TRAVIS MOORE und ALEJANDRO SÁNCHEZ

BATMAN 109
Variant-Cover „Pride“ von JEN BARTEL

SUPERMAN 32
Variant-Cover „Pride“ von **DAVID TALASKI**

WONDER WOMAN 773
Variant-Cover „Pride“ von PAULINA GANUCHEAU

NIGHTWING 81
Variant-Cover „Pride“ von TRAVIS MOORE und ALEJANDRO SÁNCHEZ

WONDER GIRL 2
Variant-Cover „Pride“ von KEVIN WADA

HARLEY QUINN 4
Variant-Cover „Pride“ von KRIS ANKA

TEEN TITANS ACADEMY 4
Variant-Cover „Pride“ von STEPHEN BYRNE

CRUSH & LOBO 1
Variant-Cover „Pride“ von YOSHI YOSHITANI

DC PRIDE 1
Variant-Cover von JEN BARTEL

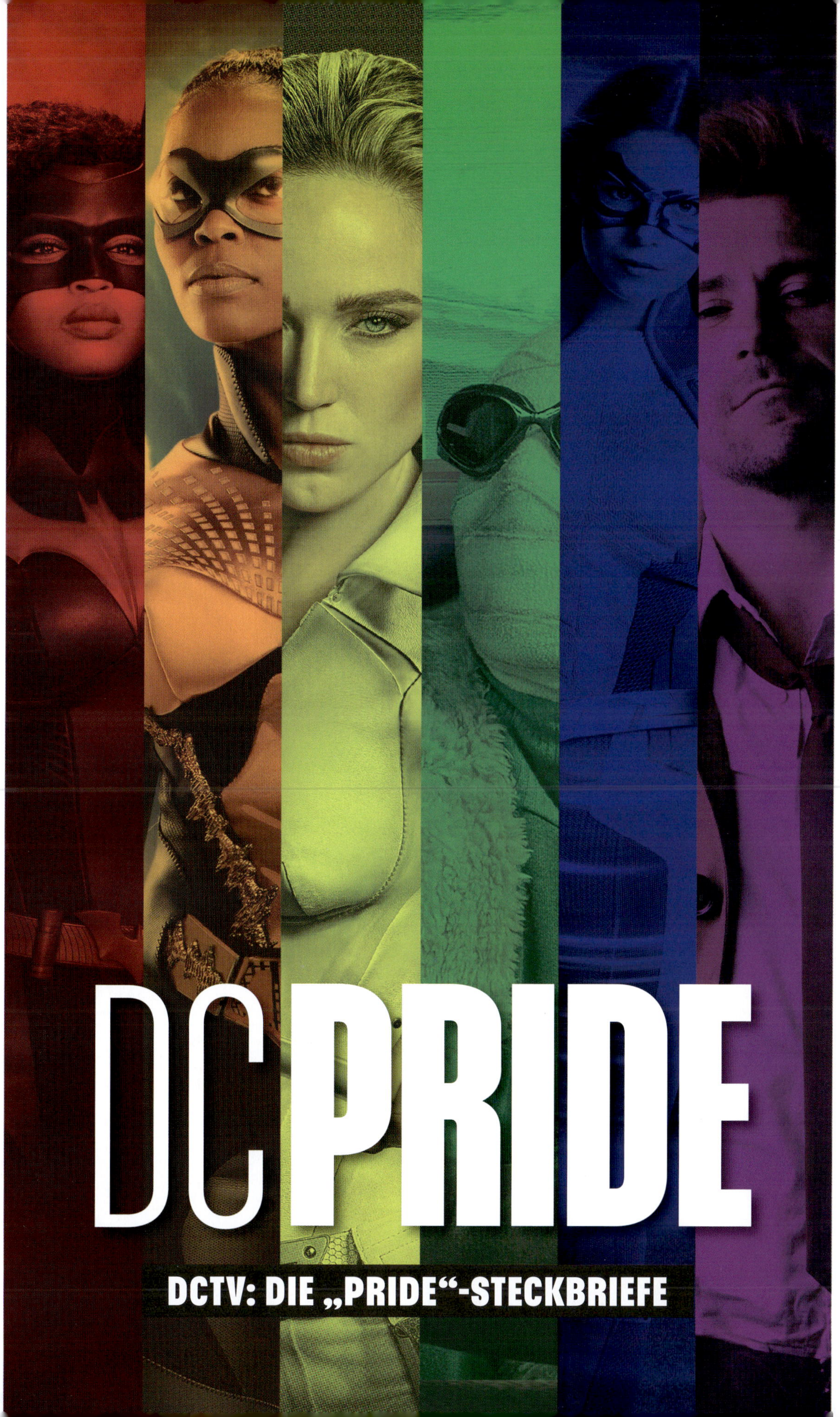
DC PRIDE
DCTV: DIE „PRIDE“-STECKBRIEFE

BATWOMAN

ALIAS RYAN WILDER

Star aus *Batwoman*
Gespielt von Javicia Leslie

Ryan Wilder ist eine stolze lesbische Frau, die die **Batwoman**-Rolle von **Kate Kane** geerbt hat. Als Waise hatte Ryan es schwer, ein liebevolles, stabiles Zuhause in **Gotham** zu finden, bis sie von einer Frau namens **Cora** adoptiert wurde. Aber diese Stabilität wurde zerstört, als **Alice und die Wunderland-Gang** Cora in einem willkürlichen Akt der Gewalt töteten. Ryan benutzte Kampfkunst als Ventil, um ihre Wut loszuwerden und auf dem richtigen Weg zu bleiben. Doch nachdem sie ungerechterweise für ein Verbrechen verhaftet wurde, das sie nicht begangen hatte, verhinderte ihr Vorstrafenregister, dass sie sich wieder in die Gesellschaft integrieren konnte. Als Ryan aber das Batwoman-Kostüm nach Kates vermeintlichem Tod entdeckte, wurde sie zum legendären Symbol, das diejenigen beschützt, denen Gerechtigkeit verweigert wird.

WICHTIGE EPISODEN

Staffel 2, Episode 1: *„Was geschah mit Kate Kane?"*,
Episode 3: *„Coryana"*,
Episode 7: *„Erinnerungslücken"*

Interview mit Javicia Leslie

Was findest du so spannend daran, Batwoman zu spielen?

Ich bin ein großer Batman-Fan. Schon mein ganzes Leben lang. Ich hätte mir nie träumen lassen, dass eine schwarze Person je das Cape und die Maske tragen würde, wenn es um Batman oder Batwoman geht. Es also nicht nur zu sehen, sondern zu sein, ist äußerst surreal für mich. Schauspielerinnen und Schauspieler haben die Gelegenheit, alles Mögliche zu sein. Aber nur extrem selten kriegen wir die Chance, einen Superhelden bzw. -heldin zu spielen. Ganz gleich, was noch in meinem Leben passiert, ich kann immer sagen, dass ich mal Batwoman war. Das ist eine große Errungenschaft für mich selbst, aber auch etwas Supercooles, das eines Tages meine Enkel werden sagen können. Ich liebe die Stunts, und ich liebe es, Teil des Bat-Teams zu sein!

Was ist dein bisheriger Lieblingsmoment, den deine Figur in *Batwoman* hatte?

Einer meiner Lieblingsmomente war, als Ryan ihre Version von Batwoman entdeckt. Vor allem in Staffel 2, Episode 3 [*„Coryana“*], als sie Victor Zsasz überrascht und er fragt: „Neuer Look?“, und sie sagt: „Neue Batwoman.“ Das war so cool, denn von diesem Moment an hat sie sowohl ihren Look und ihre Stellung in Gotham, als auch das Bat-Erbe angenommen. Das war ein epischer Moment, nicht nur für die Figur, sondern auch für mich, da ich spürte, was er für ein Gefühl der Kraft in die Welt sendete.

Identifizierst du dich mit Ryan Wilder?

Ryan versucht herauszufinden, wie man eine Superheldin ist, genauso wie ich versuche herauszufinden, wie man eine Superheldin ist, was das bedeutet, was es repräsentiert und wie man seine persönlichen Ängste für das Allgemeinwohl zurückstellt, weil man an das große Ganze glaubt.

Kannst du uns etwas über das positive Feedback erzählen, das du als Darstellerin einer Queer-Superheldin erhalten hast?

Mich erreichen viele Kommentare von Leuten auf Twitter, die sich von Ryan repräsentiert fühlen. Ich denke, was Ryan in dieser Story so einzigartig macht, ist, dass sie sich nicht erklären muss. Sie existiert bereits, und man kann einfach in ihre Welt eintauchen, ohne die Reise mitmachen zu müssen, in der sie ihre Mitmenschen dazu bringen muss, sie als die zu akzeptieren, die sie ist. Leute, die einfach eine Geschichte mit einer Queer-Heldin sehen wollen, die sich nicht um das Trauma ihres Coming-outs dreht (was für manche ein emotionaler Trigger sein kann), kriegen mit Ryan die Chance dazu und können einen Schritt davon zurücktreten.

Gibt es in einem DC-Comic einen Moment, der einen Aspekt deiner Rolle inspiriert hat?

Ryan ist eine Kombination vieler Dinge, die mich inspiriert haben. All die vielen Interpretationen von Batman haben mir gezeigt, dass ich in kein spezifisches Bild von Batwoman passen muss. Es gibt so viele verschiedene Versionen von Batman, und sie alle haben etwas Einzigartiges. Manche Leute sind große Michael Keaton-Batman-Fans, andere sind große Christian Bale-Batman-Fans, wieder andere riesige Adam West-Batman-Fans, und sie bleiben der jeweiligen Version ihres Batmans, den sie lieben, treu. Es gibt mir als Künstlerin Kraft zu wissen, dass es unabhängig von meinen Entscheidungen eine Community gibt, die sich von meiner Darstellung repräsentiert fühlt. Es hat großen Einfluss auf mich, dass ich keine bestimmte Art von Batwoman sein muss, sondern einfach Ryans Batwoman sein kann. Und das ist genug. Als ich anfing, mich für DCs TV-Serien zu interessieren, verliebte ich mich in Flash, weil er einfach dieser Junge von nebenan war. Er ist albern, ich bin albern. Er ist jemand, der über seine eigenen Füße stolpert, es aber immer gut meint. Es half mir dabei zuzulassen, dass Ryan nicht perfekt sein muss und ihre Fehler haben darf. Ich liebe Black Lightnings Thunder, weil es das erste Mal war, dass ich eine schwarze, lesbische Superheldin im Fernsehen sah, was sehr ermutigend war. Und zu sehen, was für ein Sprachrohr Nafessa [Williams] für diese Community ist, hat mir gezeigt, was mit einer Rolle dieser Art passieren kann.

KRÄFTE UND FÄHIGKEITEN

- Ausgezeichnetes deduktives Schlussfolgerungsvermögen
- Taktik-Expertin
- Kampfkunstmeisterin
- Tarnung
- Tiefgreifendes Wissen über das kaputte System

DREAMER

ALIAS NIA NAL

Star aus *Supergirl*
Gespielt von Nicole Maines

Nia Nal ist das süßeste Badass in **National City**, wo sie nicht nur als Reporterin für **CatCo Worldwide Media** arbeitet, sondern auch die Superheldin **Dreamer** ist.
Als Kind eines menschlichen Vaters und einer naltorianischen Mutter wuchs Nia mit ihrer älteren Schwester in **Parthas** auf, einer Gemeinde, wo Aliens und Menschen friedlich zusammenleben. Sie wurde von ihrer Familie geliebt und in ihrer Identität als Transgenderfrau bedingungslos unterstützt. Später erwachten auch bei ihr die hellseherischen Fähigkeiten ihrer Mutter. Nun ehrt Nia das Erbe ihrer Mutter als Dreamer dieser Generation und kämpft an der Seite von **Supergirl**, um die Welt in einen Ort der Toleranz und Akzeptanz zu verwandeln.

WICHTIGE EPISODEN

Staffel 4, Episode 1: *„Das Ende der Einigkeit"*,
Episode 11: *„Traumkräfte"*, Episode 19: *„Träume werden wahr"*

Interview mit Nicole Maines

Worauf freust du dich, wenn Dreamer in den Comics eingeführt wird?

Dass sie dort als voll verwirklichte Superheldin gezeigt werden kann. In der Fernsehserie ist ihre Reise die eines Lehrlings bzw. einer Superheldin im Training. Aber im Comic ist Dreamer im Vollbesitz ihrer Kräfte, und wir sehen ihre absolute Maximalkapazität als Dreamer. Ich freue mich auch, dass sie Leuten vorgestellt wird, die sie noch nicht kennen. Leute, die noch nie die TV-Serie *Supergirl* gesehen haben, werden Dreamer zum ersten Mal erleben, also werden wir alle Register ziehen, um richtig für Furore zu sorgen, inklusive ein paar Überraschungen für Langzeit-Dreamer-Fans, wenn wir schon dabei sind! ;-)

Was findest du so aufregend daran, Dreamer zu spielen?

Abgesehen davon, eine Superheldin sein zu dürfen? Ich finde ihr gesamtes Potenzial aufregend. Sie hat diese fantastischen Kräfte, deren wahres Ausmaß wir, glaube ich, noch gar nicht gesehen haben, und ihre Geschichte könnte sich in alle möglichen Richtungen weiterentwickeln. Und obendrein ist sie eine Heldin mit der Fähigkeit, sehr wichtige Probleme in der realen Welt auf eine Weise anzuschneiden, die manchmal unbeschwert und lustig und manchmal dunkel und dramatisch ist. Kurz gesagt, sie hat eine große Bandbreite!

Kannst du uns etwas über das positive Feedback erzählen, das du als Darstellerin einer Queer-Superheldin erhalten hast?

Nur dass es viele Tränen und viele Umarmungen gibt. Wir Transleute hätten nie gedacht, dass wir uns je als Superheldinnen oder -helden sehen würden, als wir aufwuchsen. Daher ist Dreamer so bedeutungsvoll für uns, und jeder, mit dem ich gesprochen habe, fühlt das Gleiche wie ich. Wir sind einfach so stolz auf sie und so glücklich, sie zu haben.

KRÄFTE UND FÄHIGKEITEN

- Astralprojektion
- Traumreisen
- Energiemanipulation
- Traumdeutung

WHITE CANARY

ALIAS SARA LANCE

Star aus *Legends of Tomorrow* und *Arrow*
Gespielt von Caity Lotz

Als die faktische Anführerin der **Legends of Tomorrow**, eine familiäre Gruppe von Außenseiter-Superheldinnen und -helden, die die Erde vor Anomalien im Gewebe unserer Realität beschützen, hat sich **Sara Lance** ihren Platz im Kapitänsstuhl nach dem plötzlichen Ableben ihres Freundes und Gründungsmitglieds **Rip Hunter** mehr als verdient. Tragödien sind ihr nicht fremd, musste sie doch den Tod ihrer Schwester **Black Canary** und ihres ehemaligen Geliebten **Green Arrow** erleben. Doch Sara lässt sich von Widrigkeiten nicht unterkriegen. Sie war ein mörderisches Mitglied der **League of Assassins**, starb, wurde wiedererweckt und verliebte sich sogar in **Ava Sharpe**, einem von Rip geschaffenen **Klon**. Wann immer die Erde von einer Krise bedroht wird, folgen Sara und ihr legendäres Team dem Ruf der Pflicht.

WICHTIGE EPISODEN

Arrow Staffel 2, Episode 4: *„Auferstanden"*, Episode 13: *„Entführt"*; Staffel 4, Episode 3: *„Auferstehung"*; *Legends of Tomorrow* Staffel 1, Episode 6: *„Star City 2046"*; Staffel 3, Episode 9: *„Beebo, der Kriegsgott"*; Staffel 4, Episode 1: *„Das Einhorn aus der Hölle"*

KRÄFTE UND FÄHIGKEITEN

- Taktik-Expertin
- Unbezwingbare Willenskraft
- Kampfkunstmeisterin
- Tarnung

JOHN CONSTANTINE

Star aus *Legends of Tomorrow*
Gespielt von Matt Ryan

John Constantine, selbst erklärter Meister der dunklen Künste, ist ein bisexueller Exorzist, Dämonologe und professioneller Magier mit einer Vorliebe für Punk-Rock, der ständig irgendwie aneckt. Trotz seiner zynischen und sarkastischen Art ist der britische „Bad Boy" ein Verbündeter aller möglichen Helden im DC-Multiversum und hat sowohl die Seele von **White Canary** als auch die von **Green Arrow** wiedererweckt. Mit Letzterem hat er während der Krise der Parallelerden Seite an Seite gekämpft.

WICHTIGE EPISODEN

Arrow Staffel 4, Episode 5: *„Seelenjagd"*; *Legends of Tomorrow* Staffel 3, Episode 10: *„Ihr Auftritt, John Constantine!"*

Interview

mit Matt Ryan

Was war dein bisheriger Lieblingsmoment deiner Figur im Arrowversum?

Da gibt es so viele ... Aber der Moment, als mein Constantine in *„Krise der Parallelerden"* auf Tom Ellis' Lucifer trifft, gehört auf jeden Fall zu den Favoriten. Und ebenfalls die Lungenkrebs-Folge bei *Legends of Tomorrow*.

Gibt es eine Szene aus den Comics von John Constantine, die einen Aspekt deiner Figur inspiriert hat?

Der erste HELLBLAZER-Comic, den ich gelesen habe, war *„Gefährliche Laster"*, und den habe ich bis heute nicht vergessen.

KRÄFTE UND FÄHIGKEITEN

- Astralprojektion
- Interdimensionales Reisen
- Totenbeschwörung
- Magie

THUNDER

ALIAS ANISSA PIERCE

Star aus *Black Lightning*
Gespielt von Nafessa Williams

Als älteste Tochter von **Jefferson Pierce** (**Black Lightning**) und **Dr. Lynn Stewart** setzt sich **Anissa Pierce** aktiv für die Rechte von Schwarzen und Homosexuellen ein, während sie in **Freeland**, Georgia, für Gerechtigkeit kämpft.
Als ein Metawesen, wie ihr Vater und ihre jüngere Schwester **Jennifer Pierce** (**Lightning**), kann Anissa seismische Energie und Schockwellen erzeugen.
Dickköpfig und entschlossen überschreiten ihre Taten oft moralische Grenzen, sehr zum Ärger ihrer Eltern. Aber zum Glück findet Anissa mit etwas Hilfe ihrer Schwester und ihrer spitzbübischen Frau **Grace Choi** (gespielt von **Chantal Thuy**) immer zurück auf den richtigen Weg.

WICHTIGE EPISODEN

Staffel 1, Episode 1: *„Die Wiederauferstehung“*, Episode 4: *„Schwarzer Jesus“*; Staffel 2, Episode 1: *„Das Buch der Konsequenzen: Kapitel eins: Der Aufstieg der Green-Light-Babys“*; Staffel 3, Episode 1: *„Das Buch der Besatzung: Kapitel eins: Die Geburt von Blackbird“*; Staffel 4, Episode 8: *„Das Buch des Untergangs: Kapitel drei: Auflösung“*, Episode 9: *„Das Buch des Untergangs: Kapitel vier: Leiden“*

Interview mit Nafessa Williams

Gibt es einen Auftritt von Thunder in den Comics, der einen Aspekt deiner Figur inspiriert hat?

Ich erinnere mich, wie ich die Comics gelesen habe und Thunders Haare sah. Es war genau so, wie schwarze Frauen ihre Haare tragen, sehr natürlich und authentisch. Salim [Akil] und ich waren immer einer Meinung, wenn es darum ging, dass Thunder die tatsächliche Haarmode schwarze Frauen tragen sollte. Daher war es ein großer Spaß, in der Fernsehserie zu zeigen, wie sich ihre Frisur nach und nach verändert!

Identifizierst du dich auf gewisse Art mit Anissa Pierce?

Sie lässt ein Nein als Antwort nicht gelten, und das habe ich auch in mir. Wenn ich etwas will und es mir in den Kopf gesetzt habe, kann mich nichts und niemand davon abhalten, es auch zu erreichen. Diese Entschlossenheit von Thunder kenne ich also. Und noch eine Sache: Ich bin ebenfalls eine große Schwester! Und China [McClain] und ich hatten sofort eine Verbindung zueinander. Die Chemie stimmt einfach. Ich wusste, wie sich diese überfürsorgliche Große-Schwester-Energie anfühlt, das haben Thunder und ich also auch gemeinsam, was diesen Teil der Rolle zu spielen für mich sehr einfach gemacht hat.

Kannst du uns etwas über das positive Feedback erzählen, das du als Darstellerin einer Queer-Superheldin erhalten hast?

Eine Sache werde ich niemals vergessen. Eine junge Frau kam zu mir und sagte, dass es sich für sie, nachdem sie Thunder in der Serie gesehen hat, endlich normal anfühlt, lesbisch zu sein. Das rührte mich zu Tränen. Es gab mir das Gefühl, dass ich als Künstlerin meine Aufgabe erfülle und zu etwas Größerem beitrage. Lesbische Frauen sagen mir, dass sie sich durch diese Figur gesehen fühlen und sich auch selbst in ihr wiedererkennen. Manche sagen, dass es vieles bei ihnen zu Hause verändert hat, dass ihre Familien sie nun so unterstützen, wie Thunder von Jefferson und Lynn unterstützt wird. Nicht, weil sie gerade ein Coming-out haben, sondern einfach, weil sie sind, wie sie sind.

KRÄFTE UND FÄHIGKEITEN

- Beschleunigte Heilung
- Energieprojektion
- Unverwundbarkeit
- Super-Kraft

NEGATIVE MAN

ALIAS LARRY TRAINOR

Star aus *Doom Patrol*
Gespielt von Matt Bomer

Der frühere Air Force-Pilot **Larry Trainor** wuchs im Mittleren Westen auf und schämte sich für seine Homosexualität. Bei einem Unfall wurde er dem mysteriösen **Negativen Geist** ausgesetzt, der ihm kosmische, radioaktive Kräfte verlieh, aber auch seinen gesamten Körper dauerhaft entstellte. Der Zwischenfall isolierte Larry von seinen Freunden und seiner Familie, wodurch er in eine tiefe Verbitterung über sich selbst und den unkontrollierbaren Geist in sich versank. Doch **Dr. Niles Caulder** sah Großes in Larry und bot ihm einen Platz in seinem Team aus anderen außergewöhnlichen Leuten an, die ebenfalls von der Gesellschaft abgewiesen worden waren – die sogenannte **Doom Patrol**. Mit dieser neuen Familie akzeptiert Larry seine einzigartigen Fähigkeiten und lernt endlich, sich selbst zu lieben.

WICHTIGE EPISODEN

Staffel 1, Episode 1: *„Die Todgeweihten"*, Episode 8: *„Danny die Straße"*; Staffel 2, Episode 6: *„Raumpatrouille"*

Interview mit Matt Bomer

Was gefällt dir an der Rolle von Negative Man?

Larry steckt voller Widersprüche – er ist jemand, der sich für einen Helden hielt, obwohl er ein bisschen Monster ist.
Dann hielt er sich für ein Monster, obwohl er ein bisschen Held ist. Solche innerlichen Kämpfe als Schauspieler zu zeigen, macht Spaß. Auch seine Reise zur Selbstakzeptanz war eine der größten Erfahrungen meiner Karriere, weil sie so gut geschrieben war. Sie ist nicht hübsch und sauber, sondern schmutzig, schmerzhaft und schwer – so wie das wahre Leben.

Was ist der bisherige Lieblingsmoment deiner Figur in *Doom Patrol*?

Ich würde sagen, seine Beziehung mit John Bowers. Es war so schwierig und schmerzhaft, eine schwule Beziehung in der Zeit zu haben, in der sie sich trafen, und das war für viele Leute die traurige Realität. Und die Art, wie Larry und John zueinander fanden und wie sie eine offenere Liebe erfuhren, hat mich sehr berührt.

Kannst du uns etwas über das positive Feedback erzählen, das du als Darsteller eines Queer-Superhelden erhalten hast?

Ich bekomme viel Feedback, das nichts mit Larrys Homosexualität zu tun hat. Leute kommen zu mir und sprechen einfach über die Figur und die Serie. Sie sehen seine Sexualität als Teil eines vielschichtigen menschlichen Wesens, und ich finde, das an sich ist schon ein Fortschritt.

KRÄFTE UND FÄHIGKEITEN

- Astralprojektion
- Verlangsamter Alterungsprozess
- Dimensions-Warping
- Kann fliegen
- Produziert Strahlung

DAS KREATIV-TEAM

VITA AYALA ist nichtbinär, afro-puertoricanisch und Comic-Autor*in und seit der Jugend ein Comic-Fan. Vita schrieb u. a. *Empyre: X-Men*, *Age of X-Man: Prisoner X* und *Morbius*.

SINA GRACE ist ein amerikanischer Comic-Autor, -Zeichner und ein Social Media-Star, der bereits für Verlage wie DC Comics, Marvel, Image und BOOM! tätig war.

SAM JOHNS ist eine ganz frische Stimme in der Comic-Szene und verfasste zuletzt mit Star-Autor James Tynion IV für die US-Serie THE JOKER eine Geschichte mit Punchline als Back-up-Story.

DANNY LORE ist eine queere Autorin aus New York, die im Comic-Bereich *James Bond* für Dynamite Entertainment und *Champions* für Marvel geschrieben hat.

NICOLE MAINES ist eine amerikanische Schauspielerin und Aktivistin für Transgender-Rechte, die in der *Supergirl*-TV-Serie die Transfrau Nia Nal spielt.

STEVE ORLANDO ist ein amerikanischer Comic-Autor, der für DC Titel mit Batman, Martian Manhunter und Wonder Woman sowie zwei MIDNIGHTER-Serien schrieb, die für einen GLAAD Media Award nominiert wurden.

ANDREA SHEA arbeitete bisher hauptsächlich als Redakteurin für DC Comics, hat aber zuletzt mit SENSATIONAL WONDER WOMAN ihre Karriere als Autorin gestartet.

MARIKO TAMAKI ist eine mehrfach ausgezeichnete kanadische Autorin und Performance-Künstlerin. Als Autorin verfasst Tamaki hauptsächlich Comics, aktuell die DC-Topserie BATMAN - DETECTIVE COMICS, schreibt aber auch Drehbücher, Prosa und Theaterstücke.

JAMES TYNION IV ist ein gefeierter Comic-Bestsellerautor, der für DC u. a. BATMAN, BATMAN - DETECTIVE COMICS und JUSTICE LEAGUE DARK sowie eigenständige Comics wie DC-SCHOCKER: DAS HAUS AM SEE verfasste.

ANDREW WHEELER ist ein preisgekrönter Comic-Autor und -Redakteur, zu dessen Werken DCs WONDER WOMAN: AGENT OF PEACE und die queere Superhelden-Serie *Freelance* (Chapterhouse) gehören.

STEPHEN BYRNE ist ein irischer Künstler, der in den Medien Animation, Comics, Videospiele und Fernsehen zu Hause ist. Er illustrierte im Comic-Bereich u. a. DCs GREEN ARROW MEGABAND und WONDER TWINS.

ELENA CASAGRANDE ist eine italienische Comic-Zeichnerin, die für DC Comics Serien wie BATGIRL MEGABAND und CATWOMAN illustrierte. Für ihre Arbeit an Marvels *Black Widow* erhielt sie 2021 den Eisner Award in der Kategorie Beste Neue Serie.

KLAUS JANSON wurde in Coburg, Deutschland geboren und arbeitet schon seit Beginn der 1970er-Jahre als Bleistift- und Tuschezeichner im Comic-Bereich. Sein Strich veredelte u. a. Frank Millers Meisterwerk BATMAN: DIE RÜCKKEHR DES DUNKLEN RITTERS.

NIC KLEIN ist ein deutscher Comic-Künstler aus Kassel, der für Marvel Comics Serien wie *Thor*, *Captain America Megaband* und *Secret Avengers* illustrierte und auch mit seiner Eigenschöpfung *Dancer* bei Image Comics erfolgreich war.

TRUNG LE NGUYEN, auch bekannt als Trungles, ist ein vietnamesisch-amerikanischer Cartoonist. Seine bekannteste Arbeit ist die Graphic Novel *The Magic Fish* von Random House Graphic über einen schwulen vietnamesischen Einwanderer und seine Eltern, die durch Märchenbücher gemeinsam Englisch lernen.

AMANCAY NAHUELPAN ist ein zwischen Kanada und Chile pendelnder Comic-Zeichner und Autor, der für DC Comics bereits JUSTICE LEAGUE DARK, GOTHAM CITY MONSTERS und CRUSH & LOBO bebilderte.

SKYLAR PATRIDGE ist Comic-Zeichnerin, Illustratorin und Designerin. Sie arbeitete bereits für eine Vielzahl von Comic-Verlagen wie Marvel, Image und Dark Horse und illustriert für DC Comics WONDER WOMAN.

AMY REEDER ist eine amerikanische Comic-Zeichnerin und -Autorin, die für ihre Arbeit an Titeln wie *Madame Xanadu*, *Moon Girl und Devil Dinosaur* und für DC Comics' BATWOMAN und AMETHYST bekannt ist.

RO STEIN & TED BRANDT sind ein Cartoonisten-Duo aus England, das auch in den USA bereits für Verlage wie Image Comics, Valiant Comics und Marvel tätig war.

LISA STERLE ist die Schöpferin des *Modern Witch Tarot* und darüber hinaus Co-Schöpferin und Zeichnerin der monatlichen Comics *Witchblood*, *Long Lost* und *Submerged*. Sie war schon für HarperCollins, Penguin Random House, DC, IDW, Image, BOOM! Studios und viele andere Verlage tätig.

RACHAEL STOTT zeichnete schon für die Verlage DC Comics, Marvel, IDW und Titan bekannte Titel wie *Doctor Who*, SUPERGIRL, *Star Trek* und *Spider-Man*.

LUCIANO VECCHIO ist ein Comic-Zeichner und Illustrator aus Buenos Aires, Argentinien, der für DC Comics an den Adaptionen der TV-Cartoons *Green Lantern: The Animated Series*, *Beware the Batman* und *Young Justice* beteiligt war.